地动

石舒清 著

北京出版集团
北京十月文艺出版社

图书在版编目（CIP）数据

地动 / 石舒清著. — 北京 : 北京十月文艺出版社，
2020.12
ISBN 978-7-5302-2088-7

Ⅰ. ①地… Ⅱ. ①石… Ⅲ. ①长篇小说—中国—当代
Ⅳ. ① I247.5

中国版本图书馆 CIP 数据核字（2020）第 236922 号

地动
DIDONG
石舒清 著

出　　版　北京出版集团
　　　　　北京十月文艺出版社
地　　址　北京北三环中路 6 号
邮　　编　100120
网　　址　www.bph.com.cn
发　　行　新经典发行有限公司
　　　　　电话 010-68423599
经　　销　新华书店
印　　刷　河北鹏润印刷有限公司
版　　次　2020 年 12 月第 1 版
　　　　　2020 年 12 月第 1 次印刷
开　　本　880 毫米 ×1230 毫米　1/32
印　　张　8.75
字　　数　197 千字
书　　号　ISBN 978-7-5302-2088-7
定　　价　39.00 元
质量监督电话　010-58572393
如有印装质量问题，由本社负责调换。

我们这里，把地震叫地动。

——作者

一声大震龙蛇起，蚯蚓虾蟆也出来。

——宋·张元幹

在那日，大地将报告它的消息。

行一个小蚂蚁重的善事者，将见其善报；

做一个小蚂蚁重的恶事者，将见其恶报。

——《古兰经·地震》

目录

第一章　本地的事

第三章　后来的事

附录　关于海原大地震的资料

第一章　本地的事

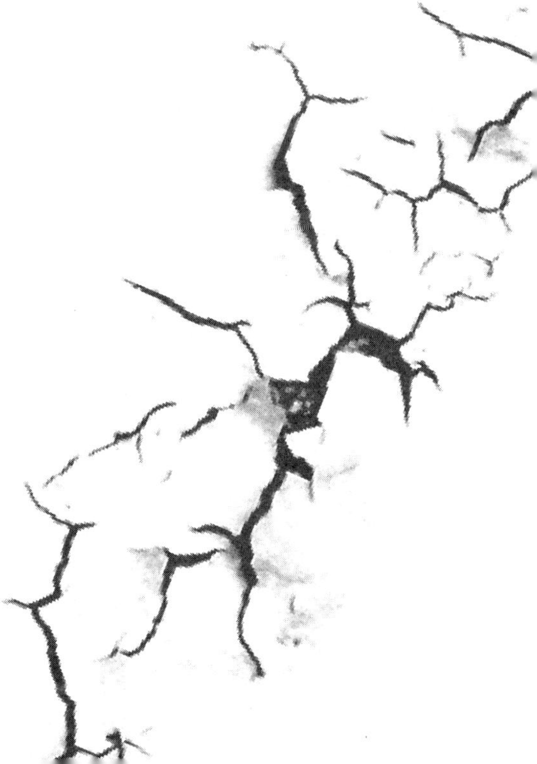

狐皮帽子

就从刘刚说起吧。刘刚现任海原县地震局局长。刘任县地震局局长几十年了，看来他会在这个位置上一直干到退休。近年来关于海原大地震，多有深度研究和种种举措，无一不和刘刚有关。这也是职责所在，没什么好说的。

刘家近百年来一直是城里的大户望族，不知他们是靠什么达到这一点的，即使在农业社生产队的时候，他家也是根基深牢，威风不倒，比如大队支书和队里的队长、会计等，都是由他家的人担任的。总的来讲，刘氏一门给人一种宽仁而又能担当的感觉。这一种底蕴和气度，没有一百年也是养育不出来。

好比刘刚，不过是县地震局的一个局长而已，但你若初次相见，看他言谈举止，往往就会错认了，会觉得这个个头不高的人，力道真是不弱啊，给人一种感觉，这人是能文能武的。

闲话说到这里。

民国九年（1920年）海原大地震，刘刚一家，震殁四人，算是灾难不轻不重的，但这亡于大震的四个人，都是家里的顶梁柱，曾祖父殁了，大爷、二爷殁了，可以当儿子娃来使的大姑奶奶也殁了。好在曾祖奶奶还在，她在大难到临的一刻，抱着小儿子，也就是刘刚的爷爷，用一双麻雀大的小脚跑出门去。曾祖奶奶的存在保证家里还有一根支撑不倒的大柱子。

因为大家各有营生，除去大姑奶奶殁于家里外，其他几人都是亡在了别处。刘刚主要讲了大爷的事情。

大爷是亡在了海原县树台乡。

大爷是很善于做买卖的人，他像公子哥一样做买卖，看似不很着力，一股子银水往家里流。他又好讲三国，仗义疏财。大震当日，大爷赶着几头驮得沉甸甸的骡子，从甘肃白银一带过来，看看天色向晚，就住进老连手（老朋友之意）马胡子的店里。一同随行的还有两个生意人。吃了喝了，把骡马饮了喂了，就到了昏礼时间，几个人正在店家的热炕上做礼拜时，地震了，都打在了店里头。马胡子为婆姨所使，到街上打点灯油，正好侥幸躲过。把刘刚的大爷等从废墟里刨出来，马胡子看大爷并没有伤着面目，也算是一个欣慰。在不像个样子的街上走来走去，像真主的安排一样，竟然碰到了石塘岭的谢阿訇，马胡子哭着说，阿訇啊，你要给我帮个忙，一个老连手殁在我店里了，你帮忙给站个者那则（殡礼之意），我得下这个人的好处没数数。谢阿訇就跟着来到店里。大爷头上戴着个狐皮帽子，人虽然亡了一看也是个厉害人。谢阿訇从狐皮帽子上认出来了，原来大爷也是谢阿訇一家的恩人。

是这么个事。

谢阿訇的父亲在靖远县一家古董店里闲逛，没小心把店家的一个瓷壶碰落了，碎了一地，当然是走不脱，又赔不起，就给堵在店里打得不成个样子，这时候就有一个戴狐皮帽子的生意人从看热闹的人里面走出来，显出一副要管这事的样子，结果是他赔了店家三十个银圆，又给了谢阿訇的父亲三个银圆，让他把伤治治。谢阿訇的父亲赶着问帮忙人的尊姓大名，不说，手摆着走掉了。知道的人说，这生意人是海原人。就知道这么一点信息。还有就是狐皮帽子。那时候戴狐皮帽子的人不多，就是戴上也不是那么回事。谢阿訇一家就记住了海原人、狐皮帽子等等。马胡子说，他只是开他的店，客人的情况从不胡乱打听，所以看起来熟得很，但说生嘛也生着呢。就知道狐皮帽子是个有钱人，是个好人。

站过者那则，谢阿訇和马胡子要去了那顶狐皮帽子，谢阿訇说你就把这帽子当乜贴（有宗教意味的钱物之意）散给我吧，我戴上好去找他的家人。马胡子说，你找着了给我说上一声，他的东西都还在我这里呢。

谢阿訇就戴着狐皮帽子上了县城。一县的人大半死掉了，剩下来的人还得活，还跟集，在集市上互道苦情互通有无，集市上怪啦啦的，就像坟墓打开，人们从土里出来放风，日头得了痨病似的在灰塌塌的天上一动也不动，人们都像耳聋了一样，看见对方在说话，嘴一张一张，但是声音好像慢着半拍，好半天才弱弱地到耳里来。人集中起来倒是不少，但却给人一种荒败破落感，好像无论怎么看也看得出，这些人不过是零头余数而已。人们好像都失重了，给人一种浮飘的感觉。

谢阿訇戴着狐皮帽子在人群里走来走去，希望着被发现被看见。

到第三个集上，终于有一个年轻人盯上了谢阿訇，他在多个方向暗暗观察了谢阿訇，然后谢阿訇刚在一个断墙的墙根里解完手起来，就被几个人团团围住，问他头上的狐皮帽子怎么回事。原来其中有一个人就是大爷的堂侄，看到狐皮帽子认了出来。

谢阿訇仔细问了一下，就落下泪来，说哎呀可把你们找到了，树台的马胡子托我找你们呢。

不敢细说，一细说，就都又哭起来。

2019.8.18

麦 彦

这个事情发生在我的老家高台寺。

高台寺有个叫王满仓的老人，说是老人，其实也就五十多不到六十。绰号王大车。这是因为他有一辆高木轮大车。王大车常常赶着大车，往来于海原、靖远之间，需要什么就拉什么，一家人都靠着这辆大车，日子过得不错。一个风雪天，王大车赶车路过打拉池，在路边的枯树下面看到一个小伙子，连冻带饿，快要不行了的样子。王大车就把他搀上马车，把车上当被子用的一件皮袄让他穿上，又把自己的干粮给他吃。小伙子没客气吃了个锅盔，一下子显得精神了。小伙子叫胖娃，十九岁，汉民，是一个孤儿，想到靖远去寻个活计，半路上却饿得走不动了，看见一棵枯树想剥树皮吃，却剥不下来。他就那样啃树皮吃把半个牙都啃掉了。

王大车把他带到车马店，两个人在馆子里热乎乎吃了一顿饭，胖娃就开始忙起来，喂牲口饮牲口，把车上的东西收拾好，王大车下炕时胖娃及时把鞋子送到王大车的脚边，王大车心里一动，就想把胖娃留下给他帮忙。胖娃当然求之不得。趴在地上给王大车磕了头，叫他干大。王大车高兴得很。这样两个人就成了爷儿父子。汉民小伙实诚，几个月下来，王大车觉得自己离不开这小伙子了。他想着找机会给胖娃寻个媳妇。

说话间就到了大地震的时候，父子二人正好去靖远拉炭，人在途中，免于一难。地震让王大车一家十口剩下了三口，婆姨也在地震中没有了。王大车还得活啊，还得继续做生意啊，决定去靖远拉一车粮食到海原来。费了不少工夫才拉到半车粮，有一袋子还是洋芋。出了城，车子在路上走着时，王大车难心地唱起了花儿，你造下个双的树梢上飞，你造个单的单飞——胖娃在一边劝着说，干大你放心，还有我呢。眼睛像掏空了的鸟窝那样往半空里看，看不到一只鸟鸟子。天上看起来也像绝户了那样。双磨盘磨着嘛好看呢，单磨盘磨一个啥呢？除了这孤烟似的唱花儿的声音，就是一阵一阵的疾风掠过枯草的声音了。胖娃在车辕上坐着吆牲口，鞭鞘儿快要垂到地上了，疾风过来时，鞭鞘儿就会飘过去，一下一下试探着够牲口的腿腕和蹄子。

就在这时候，幻觉一样听到了一个婴儿的哭声。开始两个人都没有管，发生了这样的大事情，幻听点什么是不意外的，但很快两个人都把头抬起来了。像有个娃娃号呢，胖娃说。王大车向着婴儿哭的方向看看。就那边哭着呢，胖娃说。王大车让停车去看看。车停住了，一头骡子举着尾巴大声放屁。牲口放屁没人那么难闻。两个人就下了车。向有哭声的方向去。胖娃手里拿着长鞭。婴儿的哭声越来越清晰。从路边下来，在离路不远的一个沙坑里看到了一个婴儿正在大哭，他一抖一抖地哭着，像是把自己细细的脖子都要哭断了。一个年轻女人抱着他。那女人佝偻在沙坑边上，看不出是活着还是死了。同时看到离沙坑不远的土堆上，正站着一只野狼，它几乎平静地看着这里，一点凶恶的样子也没有。胖娃伸手招呼那婴儿，婴儿就趁势扑到他怀里来，像看到了熟人那样。胖娃抱过婴儿，把脸贴在婴儿脸上。小媳妇看来有个二十二三，孩子离开了她的怀抱她好像也不觉得。她的嘴唇干焦得要出血了。王大车不知什么时候也过来了，他把手指搁在小媳妇的鼻子下面好一会儿，终于摇摇头说，走吧，把娃带上走。胖娃把婴儿裹紧在皮袄里，两个人就一前一后走上路面，向大车走去了。土堆上的狼看着他们，像厉害的看门狗看着两个熟人离去那样。

车都走出几十米了，忽然看见胖娃又跳下车来，向沙坑快快走来了。原来胖娃不甘心，他说他看那小媳妇不像个死人的样子，征得了王大车的同意后，他决定再去看一下。胖娃到沙坑边时，那只狼也在沙坑边上了，这一次它向胖娃露出了很多牙齿，胖娃把手里的鞭子打出一串脆响，狼就跳开去，又蹲回那个土堆上了。胖娃把那小媳妇抱了，走出沙坑。狼的眼神变了，它不停地向胖娃露牙示威。胖娃边走边注意着动静。小媳妇的一只鞋掉了，胖娃回头来捡起鞋，就那样在手里拎着，一步一步向着大车去了。王大车在车上看着，他主要是盯着那狼。只要狼敢跟过来，他就把手里的一块石头扔出去。但是狼好像掂量了一下输赢，并没有过来。胖娃把小媳妇安顿在粮袋之间睡下，把身上的皮袄脱下来盖在她身上。走了大概有二里路的样子，也许是车不停颠簸和皮袄的温暖，小媳妇缓了过来，果然这是一个活人，果然她没死。王大车和胖娃都很高兴。她醒过来就要抱孩子，王大车说娃娃先叫胖娃抱着，先喝点水吃点东西。喝水吃东西的时候，小媳妇也说清了她的来路。原来小媳妇是葫芦沟人，地震的时候，她正在洗锅抹灶，之后抱了娃娃去自己的住处睡觉，在院子里看到男人在纸窗上的影子，好像正在拉开着被子，就地震了，小媳妇眼前头一黑啥都不知道了，醒来一看，一家人也就剩了他们母子俩，村里几乎打绝了。婆家这样了，娘家咋样呢？她就抱着儿子到娘家去，走着走着走不动了，到路边的沙坑里去尿个尿尿，觉着头晕，想着可不敢晕哪，还有娃娃呢，但就晕晕乎乎什么都不知道了，想鼓劲也鼓不上了。问她娘家在哪里。说是哪里哪里。在当时的情况来看，算是出嫁比较远的，大车走得走两天。两个地方的口音也不一样。王大车说，要不是他，你早就叫狼吃了。说着指了一下胖娃，胖娃把自己躲在婴儿的脸后面，倒像是有些害羞。

这小媳妇叫麦彦。很能干。锅头上一把好手，炕填得烫手。她在王大车家住了有一周时间，王大车又要出车到靖远去了。王大车说，你不是想回娘家吗？把你再捎一程。带足了路上的水和干粮等，就出发了。

但是到了路上，发现胖娃和麦彦有些不对劲，两个人好像有什么秘密瞒着王大车。搞得王大车一会儿看看这个，一会儿看看那个。到走麦彦娘家的路口，车停下来，麦彦却不下车，把头偏向一边不看王大车。王大车说，不回娘家了吗？小媳妇不说话，但是眼泪从侧脸流下来。胖娃也是有千言万语难于说出来的样子。但是胖娃还是说了出来，胖娃说，干大，我也想去呢。王大车说你想去哪里？胖娃说，我想跟着她去呢，一路上古得狼嚎呢，我怕她娘母子再遇上狼。明白了。这两个人是想到一起。王大车一时脸色不好看。王大车说，那你的意思是不再跟我跑车了？胖娃说，我把她送下我就来。王大车说，就说实话，是不是你两个想成两口子。两个人都没有说话。但还有什么说的，看也看出来了。说不清为什么王大车忽然红了脸，说明他心里的火气到脸上来了，王大车给麦彦说，这是我干儿子，我干儿子和咱们不是一个教你知道吗？他是大教（汉族之意）里的。麦彦偏过头不作答。胖娃说，干大你的大恩情我记着呢，我一辈子报答你，我和麦彦的事我和麦彦说。

王大车低头想了一会儿什么，抬起头来看着麦彦说，是这么个话，都把话说开，成不成是胡大（真主之意）的事，人先把人的事做到，我是这么想的，麦彦你男人殁了这是事实，你肯定还要成家，你看我行不行，我婆姨也无常在地动里了，我一个单身，说岁数嘛我今年五十五，关键身体还好着呢，我说了你考虑，你要找我干儿子也行，就是他和咱们不是一个教，人嘛这娃也是个好人，也是个孤儿，受下罪的人，不是一个教，一个锅里吃饭，终究是个麻烦。

胖娃没想到王大车会说出这话来，他眯细眼睛看着王大车，像是要把这个人再仔细认上一认。麦彦什么也不说，只是一股子一股子淌眼泪。胖娃忽然跳下车去，给王大车跪下了，他跪着说，干大，没你就没我的今儿，啥时候我都是这个话，这一回我把麦彦看上了，我跟你这么长时间了你看我不是和你一个锅里吃饭的人吗？你老人家我对不起你，你再不要逼麦彦了。王大车不高兴地说，叫啥老人家，我还没那么老。顿一顿又说，看样子麦彦也同意，那你两个去，你两个去过你两个的日子去，兵荒马乱七灾八难的，你两个好好过你们的日子去，不要再管我，胖娃你也不要再来赶车了，咱两个从今儿也缘分尽了。胖娃哭着说干大你不要这样说嘛，我把她娘母子送下我就回来。王大车古怪地笑着说，还回来干啥，爷儿两个都说了娶一个女人的话了，还回来干啥，让人听着都笑话死了。王大车说，好了，不多说了，你两个赶紧走，路还远着呢。胖娃不知道说什么。这时候麦彦从车上下来，抱着娃娃，并齐并跪在胖娃身边，说，多谢你老人家，盼真主叫你好着。然后拉了胖娃的衣袖一下，两个人就站了起来。

好，走吧，路远着呢。王大车说。

胖娃把孩子接过来抱着。孩子在胖娃的怀里一直看着王大车。在王大车家时，王大车可是没有少抱这孩子，还用豆子和木盒子给他做了个拨浪鼓供他玩。王大车说，把娃抱过来我看看。胖娃抱过去，王大车在娃的脸上亲了一下，摸了摸他胎毛没有脱尽的头，然后挥手让胖娃他们走。啪的一声响，还是王大车先行一步，他在牲口上面的空间里突然打了一鞭子，大车的高木轮就僵僵地动起来。

马车走出很远了，胖娃和麦彦才走到被荒草侵没着的小路上去，被什么牵系着那样走不快。

2019.8.18

马海荣

地动后，马海荣的父亲带他去投奔县上当家子马怀章，马怀章震亡了，剩下了他的老婆和一个六岁的女子。马海荣当时九岁。家里十六口人，剩了两口，就剩了马海荣爷父俩。马海荣的父亲还给打折了三根肋巴骨，也不知怎么撑过去的，也不知怎么好了的，接下来还活了好些年。有些事情，说起来可怕得很，就像个硬坎子过不去，但不知怎么就过去了，回过头看，也不大看得清楚，反正是糊里糊涂就过去了。地动的时候，晚上麻麻黑，灯点上时间不长。要是马海荣父亲不做皮袄，实际还不用点灯的，但是做皮袄就得点灯。父亲挨着灯就近着饭桌做皮袄，马海荣和姐姐耍一个游戏，就是把两只手都握紧着，让猜哪只手里有东西，两只手，必须有一只是空的，不能两只手里都握了东西让猜。很简单的游戏。正耍着，轰隆隆一阵响，说不清是从地下面还是从屋顶上过去的，同时灯头就矮了下去，像是有谁在下面用力吸吮着，房子就筛子一样摇起来。在灯灭的一瞬，马海荣父亲把马海荣推到饭桌下面，女子没管，结果马海荣好着，父亲给打断了三根肋巴骨，姐姐倒好像没有什么致命伤，也不喊痛，就那样躺着，天明时一口气走了。这是在房子里的三个人的情况，住在窑洞里的，一个也没能活着出来。

马海荣的父亲腰里系紧着一根麻绳到县上去找自己的当家子马怀章，马怀章在县城东门开着一家小型车马店，车马店当然没有了。马怀章一家就剩了马怀章老婆和一个六岁的女子。搭了两间草棚暂时住着，时间不长，马海荣父亲和马怀章老婆就搬到一起住了，两家成了一家。到马海荣十七岁的时候，和马怀章的女子结了婚，那女子算来也十四岁了。说是结婚，其实质也不过是吃一顿长面饭，人嘛一直就在一起呢，就是从兄妹俩变成了两口子而已。一是兄妹俩变成了两口子，一是父子俩娶了母女俩，若不是非常时期，不可能有这样的事情。多少年来似乎也只有这一桩，常听人作为稀罕说过他家的事，没有说过第二家，之所以几十年说个不已，也是这样的事情实在是少见的缘故。但马海荣娶堂妹做老婆的恶果还是显现了出来，连着生了两个半瓜子，就是智力不大健全的人，搞得一家人紧张恐惧，不敢再生了，但日子总是要过的，后来还是又生了两个，儿子还是个半瓜子，女子却好着，而且像是要给他们一个补偿似的，这女子不但健健康康，还成了城里少有的俊女子，就像是把一个凤凰生在了鸡窝里。这女子还能干，到街上去挑水，后头远远地有几个年轻人骚情着看。但是这女子不知什么原因喜欢唱戏，喜欢唱老戏，后来自己做主找了县文化馆一个写戏的，几乎是一分钱的彩礼没弄来就跟着人家走了，那人还不是回民，那时候已经到了新社会，也不敢多说什么，就由着人家去了，几十年来两家虽不曾完全断了来往，但总还是觉得厚厚薄薄地隔了点什么。

我在县城读中学的时候，常常在西门市场见到做生意的马海荣，他一脸大胡子，好像无论冬夏，总是把自己穿成一个硬邦邦的锅盔的样子，那其实也是他的工作装，记得他的膝盖上总是铺着一片布，而且他总是戴着深色的大号袖套，记得他当过鞋匠，还当过铁匠，专门做水壶、卷炉筒子等，无论他做什么，他的老婆都在一旁默默不响打着下手。马海荣的手是我见过的最大的手，好像他因为做活计，做补鞋、卷炉筒这样的活计，慢慢把一双手做大了，看起来就像是一对用得太久了的铁锨头。什么鞋到他手里都像老鼠落在了老鼠夹上似的。大概是1999年的某天，我带着一个导演看街景，在西门市场那里，见到一个老人手法熟练地在扎扫帚，还是那样的一双好像可以应对一切的大手，还是蒿草一样的淹没了半个脸的大胡子，还是一片除了他用再没人会用的布铺在膝盖上，还是那样深色的大号袖套，多少年过去了，好像在他这里不曾变化什么，好像时间在他身上再无从下手了似的。当然，他的忠实的帮工也在一旁的，戴着一双破得露指的旧手套，帮他挑拣清理着扎扫帚用的席芨。好像只要这个大胡子老人在身边，好像只要挨近着这个大胡子老人，她做什么都是应该的，做什么都是快乐的，也会做得如他所愿，不出任何岔子。我看着眼前的两个人，想着这是很特殊的一对啊，全县再没有他们这样的第二对，我想他们结婚的时候，一个十七岁，一个十四岁，我想就是眼前这两个人生了个女子，差不多是全县最好看的女子，爱唱戏，我发现带着外人回到家乡的时候，人的思维是活跃的，会对司空见惯的人事有新的感受和见解。我悄悄让导演看那双扎扫帚的手，我有些卖弄地说，说什么经久耐磨，说什么辛苦遭逢，说什么劳动人民，看看这一双手就够了。过后我又觉得后悔，不该在外人面前这样说自己的老乡的。

是啊，虽不曾和马海荣老人说过一句话，但他实在是我的一个老乡啊。我关于家乡的深牢记忆里，缺不得这样一个人的。如果说到故乡的底色，他就是了。

近些年，关于海原大地震，渐渐地好像热闹了起来，要变灾难为财富，地震博物馆建起来了，地震遗迹受到了重视与保护，一些被称为地震老人的人也频频被关注被采访。这其中就有马海荣老人。我已经多次看到对他的采访，有文字的也有视频的。采访的时候，马海荣说着一种很特殊的语言，是汉语、波斯语、阿拉伯语的交混运用，不熟悉这种特殊的语言方式即不容易理解，要是熟悉这种语言的背景，又觉得非这种语言不能表达马海荣老人想表达的。

马海荣老人还说到地震当日，一桩有些神秘的事情。说是晌礼（午后一时半左右的礼拜）下来，阿訇觉得有些累，就靠着经桌打了个盹，身上带着阿布代斯（沐浴之意）嘛，就来了一段阿耶提（神秘信息之意），说是嘎鲁败俩，嘎鲁败俩，嘎鲁败俩，一连这个声音说了三次，三次都是这么个话。阿訇醒来，想不明白，败俩是灾难的意思，嘎鲁是啥意思呢？想不明白。这机密话你还不敢乱问人。你还不敢乱讲出去。阿訇总之觉得这是个信息，就通知哈完德（教民之意），虎夫坦（宵礼）各人家里做去，寺里再不来了。结果虎夫坦没下来，地动了，十个里头打死了七个，阿訇在寺里一个人做礼拜，打死在大殿里。

宁夏电视台还做过一个专题片，叫《在山走动的地方》，拍得不错，是关于海原大地震值得一提的作品。专题片里也采访到马海荣，是在老人的家里做采访的。马海荣老人一边接受采访一边在他的光腿杆上搓着麻绳。他的老婆在旁边帮他理着乱麻。采访到后面，马海荣忽然把厚嘴唇向着老婆那边使劲努努，说，我的一辈子就让这个老奶奶害了。说得大家都笑起来。旁边一个当地的陪同者说，老爷你这么不满意奶奶，你把她离了再说上个嘛。马海荣说，听这小伙子说的，我把她离了，你给我老汉做饭吃？整理着乱麻的人也活动着满脸的皱纹笑起来，好像老头子这话，真是说到她心里去了。

每次采访，马海荣老人的三个儿子都不在场，不知道他们哪里去了。三个儿子都在，老大已经年过古稀。

如此说来，马海荣老人已是年届九十的人了，真正的耄耋老人，但是看他那双顽健有力的大手，好像还可以胜任很多活计似的。

2019.8.19

郭凤菊

干盐池不远有个瓷镇。说是瓷镇，也只是这么一叫而已。这里有一个叫张寨的村子，在村边的开阔处办了个瓷厂，专门用来烧瓷器，一来二去，就叫成了瓷镇，也算是一种民间广告吧。瓷器厂的老板叫秦书文，正当不惑之年，能吃苦，有头脑，生意做得不错，所出的瓷器最远卖到兰州、西宁等地，甚至有卖到四川、西藏的。然而百顺里面总有个不顺，秦老板女子已有六个，儿子一个也没有。专门长于生女子的老婆也把自己生成了一把干菜，指靠她生儿子看来是指靠不上了。秦老板有时看着偌大一个瓷厂，会禁不住叹出气来。找人算卦，卦先生呜哩呜噜说了一大堆，末了总结说，给你这个，就不给你那个了，世上那么多人，一人分上一点，一人分上一样，就分着个公道。这是什么话？这话谁不知道，还要你卦先生说吗？其实看来看去，世上的事，实际就没个公道，说是不长头发的长胡子呢，实际有时候你头发没多少，胡子也不给你长，而胡子长得太多的人难道他的脸上上粪了吗？他也不知道他脸上咋长了那么多胡子，一句话，说不清。世上的事小事情能说个大概其，大事情没有一个能说清楚的。生儿育女，当然也是大事情了。是要问询到造化跟前的事情。所以虽然卦先生那么说了，秦老板不那么听的，而且秦老板对卦先生有了成见，想卦先生在自己的事情上这样说，纯粹一个乌鸦嘴，他要是生出一个儿子来，就拿猪毛去塞卦先生的嘴。卦先生算是把秦老板得罪了。

关于秦老板且说到这里。

接下来的事情是这样，就是瓷器厂有个工人，叫胡笑春，二十四五了，才经媒人说到一房媳妇，还是个寡妇。听说人很攒劲。但胡笑春还没有把寡妇娶到家里，就被人抢去了，直接从寡妇的婆家抢去了。那时候我们这一带有抢寡妇的习俗，只要抢得干净利落，不要拖泥带水就好，和正式娶媳妇也差不多，就是听起来猛烈一些罢了。胡笑春悔恨自己迟了一步，要是抢先一步娶回家来，哪里会有这样的事情。而且让胡笑春难堪和愤懑的是，抢去他媳妇的这个人不是别人，就是他的老板秦书文，这以后一个还咋见一个的面呢。秦书文托人来胡家下话，拿着重礼。秦书文的意思是，生米都做成熟饭了，还能怎么样呢，吵吵闹闹有什么用呢，就算是把他姓秦的杀了，有什么用呢？没什么实际作用。所以还不如到哪一步说哪一步的话，天下的女子多着呢，只要有钱，好女子挡得你栽跟头呢。秦书文答应给胡笑春一些补偿，让他再请高媒再说个媳妇。事已至此，胡笑春只好认了。有人说胡笑春拿着得来的钱，到靖远逛了几回窑子，说脏钱就要脏使唤，但逛几回窑子能花多少钱，就算逛上十回，剩下的钱娶一个媳妇也是够的。都不明白，花这样大的代价，娶一个女子不好吗？啥样的女子娶不到呢？还弄一个寡妇回来。还抢。但是后来就证明秦老板是对的，不愧是秦老板，那个叫郭凤菊的寡妇果然不是一般人，她像来还愿一样，一生就给秦老板生下一个儿子来，这倒罢了，关键这女人是一个人才，就像武则天借势于唐高宗一样，秦老板在后面轻轻一推举，这女人的能力就凸显出来了，在她的张罗下，瓷厂像个豺狗忽然间变作了豹子，到后来人们有事也不找秦老板，直接找郭凤菊，就是找了秦老板、秦老板也要和郭凤菊商量。

生意不错，秦老板也乐得当甩手掌柜，把厂子交给郭凤菊打理，自己骑着个白马这里那里闲逛，和一些搞古董收藏的人打得火热。一天午后，太阳晒得干盐池的湖水像得了白内障似的，秦老板买了几件不很值钱的古董，骑马过一个小木桥时，马突然受惊把他摔下桥去，桥下面的水倒不深，但是秦老板的头正好磕到了水里的一块石头，这样就不能动弹了，说不清是让石头磕死了还是淹死了。水虽然不深，但躺在水里也是会淹死的。有人就说，马常常走过小桥，怎么会受惊了呢？有人甚至联系到胡笑春，也只是说说而已。有懂得阴阳的人说，午后日头将斜未斜之际，如果大太阳白花花地照着，最好一个人不要出门，不要一个人到荒滩里去。这时候胡笑春还没有找到媳妇，有人就戳唆他再到郭凤菊跟前问问，毕竟她也是一而再的寡妇了，胡笑春果然去问了，回来恨恨地说，寡妇比女子的口气都大啊。有人安抚胡笑春说，也是个好事，你想要是你两个成了，能过到一起吗？这话使胡笑春受到刺激，他离开瓷器厂不干了。郭凤菊托人把他的工钱结了。

秦老板从马上摔下来三个月不到，就地动了。瓷厂就像个掉在石头上的瓷器那样粉碎了，二十来个工人死得只剩了零头。旁边的张寨村是个大村子，五百多口人打死了近四百口。死人是需要掩埋的，掩埋是需要棺材的，这样的时候，哪里去找棺材，哪里找这么多棺材？劫后余生的郭凤菊想了个办法，瓷厂里有许多码放在那里的瓷缸，厚重结实，每一口缸几十斤重的，可用来盛水腌菜用，还没来得及运出去呢。郭凤菊一看这些瓷缸就有了主意，她的主意是用瓷缸当棺材，两个瓷缸对扣着，把人装在里面，不就是棺材了吗？这样的一副棺材多少钱？郭凤菊说不要钱，谁用谁就拉去，拉完为止，这样的时候，把钱是个啥呀。郭凤菊说着看了一眼怀里吃奶的娃娃，忽然就大哭起来，看样子她想忍住哭，看样子她怕哭声吓着娃娃，但是忍了好几忍，终于忍不住，她就索性哭起来，一边哭，一边在泪眼迷蒙里看人们来来往往抬着瓷缸，鬼影子似的。

2019.8.19

懒狗老爷

红羊乡有个村子叫舒家川，舒家川有个叫虎虎的人，十七岁了，媳妇子也说下了，还没有过门。

虎虎家有一条狗，在村里是有些名气的，它的名气由它的懒而来，一般懒人有，懒狗不多见，虎虎家的这条狗，可算是懒断筋了，趴在那里一动不动，就像是把它的筋抽去了那样。有时候趴在火日头下，晒得要冒烟了，晒得狗蝇子要爬满它的眼睛了，比如树荫墙影就在眼前不远处，它宁晒着，也不活动到阴凉里去。天气热，渴得它吐出舌头来呼扇呼扇的，然而你要是把水盆搁在远处，它是不会来喝水的。因为它有这个毛病，就有人专门试它究竟懒到了什么程度，就把水盆一点点挪近着它，看离多近它才会喝水，真是不可思议，水盆离得那么近，只要它探一下头就可以喝到水，但它就是不探这个头，好像往前一探它的脑袋就会掉下来，好像它的身子不是它的身子，而只是它的一个拖累，它的眼神也是淡漠的，好像没有什么可以促使它和诱惑它。都说，它是宁愿渴死也不动一动的。当然它也是宁愿饿死也不大愿意动的。它从来不走近食盆，食盆可以和它保持一个恒定的距离，要把食盆拿到它跟前，搁到它的嘴下面，说，吃，它才不大情愿地吃起来，好像它的吃不是为了自己，而完全是在照顾着谁的情绪和面子。养这样一条狗做什么，说不清，也就养着了。它在门上那么地一卧，总还是个狗吧，一些狗能起到的作用它也是能起到的。因为多吃少动，它还是较胖大的。村里人笑话说，虎虎家养的那不是狗，那是养了个老爷，狗里头能被称作老爷的，也就虎虎家里这条了吧。一般喂狗吃喝都是虎虎的事，虎虎一边喂它一边说，到头懒死你信不信，看狗那不大愉快的面孔，它未必相信这话。

说话就到了那天黄昏，月亮早早地出现在半空，但是没有光亮，像灯还没有通电似的。虎虎端着狗的食盆找不到狗，咦，这懒狗到哪里去了？院里不见。出了街门，见外面蓝乌乌的有些古怪和闷沉，好像要突然间打雷下雨了那样。更为可怪的是懒狗像挣脱了缰绳一样在门前跑来跑去，汪汪咬着，就像咬着只有它才能看见的东西。随着懒狗的咬，那种若飘若浮的蓝雾一样的东西似乎在不停地浓郁着收紧着，好像天空绷紧了，好像天空突然要变脸了。虎虎无来由地一阵心悸。吃来，他向懒狗喊着。懒狗看到他，忽然就像终于找到了他那样，跑过来把头抵到他的脚上，嗅来嗅去，而且呜呜哝哝，若有所告。虎虎觉得气闷，好像有什么东西沉沉地要压下来，使他觉得呼吸有些不够用。他不想喂狗了，他想返回屋里去，但是懒狗却咬住他的裤脚不放。又咬住他的鞋，把他的脚都咬痛了，他刚准备踢懒狗一脚时，就像突然来了一阵飓风，把他卷起来扔到了地上，接着就是满耳朵的撞击声和破裂声。在黄风土雾中，大地像巨浪中的船那样颠簸摇晃起来了。地动了。虎虎趴住不动。一手伸出去拉着一条狗腿。看是什么也看不到了。

大震过后，家里就剩了虎虎和懒狗。懒狗第一次主动地把一盆食吃了，它看起来就像是从黄土里钻出来的。

村子几乎被摇平了，眼前的世界完全不认识。看起来就像一个人的五官全部长错了位置那样。

人变麻木了。人凭着这难得的麻木渡过难关。没有伤心也不觉得害怕，一切感觉好像都隔膜着，距离人远远的。冷。往骨头里头冷。冷的这个人好像不是自己。不是自己又是谁呢？总还会一点点冷到自己身上来。虎虎搭狗窝那样搭了个简易的草棚，暂时住在里面。和他的狗挤睡在一起。竟然弯月还出来，像大出血的瘦女人把脸贴着怪诞的天幕。天空旧门帘似的，好像一阵风就可以吹个无影无踪。虎虎觉得狗身子在热着自己。

晚上不知什么时候，好像有什么动静，虎虎恍惚间觉得自己身边空了，好像懒狗出去了，在远处山呼海啸一般撕咬，也可能是个梦吧。虎虎觉得如果白天不再到来，日头不再出来，都是有可能的。啥事情都是有可能的。但是天还是亮了，日头出来，像刚刚剥出的一枚蛋黄。日头好像不知道这个世界发生了什么那样，又一次兴冲冲地出现在这世上。懒狗躺在离草棚三十米开外的地方，眼睛还睁着，一身血，脖子被咬断了，没有血再流出来。流过血的毛板结在一起，使人看起来有些扎眼。来了两个人看了看又走了。那两个人拍打着虎虎的脸，摇晃着他的身子，说活着就好，活着就好，多大的难啊，说不是你的狗护你，你早叫狼吃掉了。

夜里不知谁张罗着，把幸存的人招呼到一起，把几根旧椽子劈成柴禾，点燃了大家烤着。月儿在火光的上面一浮一飘一浮一飘，就像谁提了个灯笼在荒山里走。

震后第三天，虎虎好像有些明白了过来，而且大家朋在一起吃了一顿饭，精神了一些，他挽起袖子把懒狗的皮剥了，肉埋了，皮子他还要用来取暖。

2019.8.19

老　井

南华山下有个菜园村。这村子和西海固很多干山秃岭式的村子不同，古树森茂如烟，河水长流不绝，坐南望北，依着南华山，说来多多少少有些世外桃源的意思。都有这样的经验，就是到偏村野寨里去，不经意间，忽然看到一个出众的女子，像母鹿跃过溪水那样，给人惊鸿一瞥的感觉，峰回路转之际，忽然看到古老的山根里的菜园村，就给人如此印象。果然到20世纪80年代中期，就在菜园村发现了新石器时代的墓葬群，由中国博物馆和北大考古所牵头，发掘出来无数陶器、石器等，据说是把中华文明的文明史又往前推了一大截。我在银川文化城见过一家菜园陶器的专卖店，那些陶器鼓腹大耳，气度雍容，花饰放达随性，色彩绚烂热烈，因是从自己的老家出土的，看着自然觉得亲切，但是老板已经奇货可居那样两个眼睛长在额头上了，对我们这些和陶器同一来处的人不屑一顾，好像时刻都流露出这样的意思，看什么看，买得起吗？确实买不起。但是我也想，这些陶器，它们一个个都是经历了1920年的大地震的，脆薄如纸，在那样的天翻地覆里怎么竟毫发无损呢？这几乎是神秘的，有时候就是这样，你不知道护佑你的是什么，正如同你不知道伤害你的是什么一样，比如忽然就得了这个病那个病，医生说了一大堆得病的原因，但问题是，说话的医生也可能得病的啊。所以医学界广而告之的话是：有时治愈，总是安慰。是，这算是说了实话。

接着说菜园村。就像十个手指有个长短一样，每个村子也都有个相对的富户穷户。菜园村光景最好的是车家，掌柜的叫车广生，车广生雇着一个长工，三个短工。长工是固定的，短工变人不变数。只讲这个长工，长工姓井，就叫他老井，其实他最多也就三十来岁，好像也没有成家，因为年节时候也不见他回去。说着一口特别的方言，使人觉得他的来处不好判断，其实从口音完全可以判断一个人的来处的，从一个人的口音顺藤摸瓜，甚至可以寻绎出他是什么民族，来自于哪个县哪个乡哪个自然村。比如我的村子和邻村举目可见，距离不过两三华里，也还都是纯回族村，但两个村子的口音是不一样的，很不一样的。因老井口音含混不明，也引出一些猜测来，甚至有说老井是一个杀人犯，避罪逃躲到这深山里来了，不然像老井那样的人，他会甘心做一个长工吗？老井是那种只要时来运转，马上就可以给人耳目一新的人。他的样子也像是一个暂时的落难者。不过他到车家当长工也两三年了。老井是汉民，虽然在车家，但不和车家一个锅里吃饭，他是自己做饭吃。村里身为男子而自己做饭的，也就老井一人。这使得女人们恍然大悟，原来男人们也是会做饭的。然而恍然大悟之后，饭还是由女人们来做。除去老井，做饭的都还是女人们，即使格外霸悍的女人，敢于当众骂男人的，到做饭的时候，也不由自主到锅灶跟前去，一边和男人激烈地吵嘴一边熟练地做着一切，这种习惯性和一律性使女人们几乎无法逃脱。

女人们有时候到一起也开玩笑，说要是找老井这么个男人过日子，会过成什么样的日子啊，饭做熟，端上桌子，喊你吃饭，这是什么感觉啊，男人做的饭什么味道啊。但是有人就及时出来提醒大家，让不要做好梦了，因为老井是个汉民哪，就算是你男人把你放开，由着你来，和老井最终你能弄个什么。

老井和车广生处得就像老哥弟兄。

一天两人在树下坐着说闲话，忽然说到盖房子的事，车广生兴趣很大，村里多是传统窑洞，像样的房子几乎没有，车广生是村里的富户，应该带个头啊，吃得好住得好，这才算活了一辈子人。老井揽了皇榜，说这个事交给我吧，我保证弄个方圆几十里见不到的房子，我给你弄个高房子。车广生高兴得很，当时两人就议定了工钱。老井就有条不紊地干起来。这一带都是红胶泥土，抓在手里像石头一样。老井把红胶泥土磨成细粉，又从河滩里背来细沙，和红胶泥粉按比例混合在一起，攒起山大的一堆，就开始建房了。他把每天用的从土沙堆上匀出来，用水一瓢一瓢浇透，然后就用这个筑地基，用碗大的铁杵子一个挨一个、一个压一个细细密密地筑过去，像妇人们纳千层鞋底那样，最后把土筑得几乎和铁杵子一样硬。就这样一行行一层层筑上去，筑成了一个梯形的土台子，像在上面要演兵作法那样，这时候时间已经过去了大半年。接下来又花了大半年的工夫，老井在土台子上像老鼠打洞那样，掘出两个深阔的窑洞来，又在窑洞上面盖了两间高房子。竣工那天，连外村的人也来看稀罕了。车广生得意坏了，当众给老井披红挂彩。

车广生两口子和娃们住两间高房子。老井住在下面的一个窑洞里，另一窑洞装杂物。老井负责收拾得干干净净。不久听说车广生要给老井说媳妇了，女方是车广生的一个离婚在家的小姨子。这人要是感情上来，什么事都有可能发生的。

但突然就地震了。要发生什么也看不到了。

地震使得菜园村和南华山断开来，整体地前移了差不多两华里，小河原本离村子有一段距离，现在就像舌头和牙一样挨近着了。还讲什么村子，村子不见了，像一个草垛被大风吹得七零八落，那气派的高房子也没有了，村里就剩了那两间老井筑的土沙窑，斜着身子，像一辆结实的车子侧翻了，但是并没有裂开来。大震的时候，村子潮水似的位移，一浪一浪的土潮把多少人都卷到了深土里。满村子就剩了两个人，一个老井，一个是车广生还在吃奶的小儿子。小家伙在骇人的废墟上舞动着手脚大哭。在这劫难后的土地上，在这混沌未明的时辰，在这眼睛好像再也看不到什么值钱东西的世上，这小孩的哭，给人那么大的震动，好像心给这哭声激活起来，好像看到太阳从很深的海里水淋淋出来了。这孩子怎么到这里了呢？在的人哪里去了呢？不久前还给他披红挂彩的车广生呢？老井走过去把孩子抱在怀里，孩子看着他大哭，眼里全是辨认的意思。说不清到什么时候了，太阳看起来就像是假的。老井向着山根那里望了一眼，山还是那个山，但也是惊魂未定的样子。

老井想，车广生自然有一些积蓄的，可以用来应急，但是村子跌死绊活已经跑出这么远，就算是有积蓄，积蓄在哪里呢？连车广生也生不见人死不见尸。老井觉得自己看着世上的眼神有些异样，他觉得自己从来没有过这样的眼神，就是一双眼睛好像被打劫过，眼珠子很重。一滴泪掉到孩子的脸上。孩子不哭了，带着泪痕看他。他从孩子的眼里看到他必须要设法活下去，还有这个小累赘呢。他向着这歇止不久的土浪，向着这一时喑哑的世界做出了保证，只要他活着，娃就要活着。反过来也可以说。他做了个计划，把这娃带到六七岁，然后找个清真寺，寻个可靠的阿訇把这娃还回去，他想只要他这样做，车广生就是无论埋在哪里，埋得多深，也会欣慰的。也不枉二人交好了一场。

2019.8.20

金乐婷

金乐婷（1865—1949），英国女传教士，她有幸经历了百年难遇的海原大地震，并在她的著作《大西北的呼唤》（甘肃文化出版社 2015 年版，尚季芳、咸娟娟译）里浓重地记了一笔。

金女士是 1920 年 12 月上旬到兰州的，从相关的文字记录里看，兰州给金女士留下了极其美好的印象：

“巨大的城门，拥挤的街道，到处都充满了生活的气息。商店、寺庙、清真寺，还有公共建筑，所有的一切，都证明了这就是兰州。”

“（兰州）有种在中国其他城市所不曾有过的印象，流动的人群那样让人着迷，大家都在忙于交流谈论，感觉像是进入了另外的一个世界。”

“我们在开罗和大马士革见到过的身影竟也会出现在中国这偏远的城市里，他们来此做什么呢？我们充满好奇。”

“在兰州的街道上看到贩卖丝绸和珍珠的印度商人，看到从麦加归来的穆斯林朝圣者，长胡子的中国商人或俄国人、土耳其人以及来自中亚的戴着缠头的穆斯林。”

“我们第一次见到了穿着红色藏袍的喇嘛和生活在其黑暗统治下的身形强壮的山民，后者看上去淳朴又羞涩，似乎与这座城市的奢华格格不入，但对我们而言，他们却比那些穿着体面的人更具有吸引力。”

“兰州这座城市竟然会如此风情万种，而且军事作用这样重要，这一切都让我们有些吃惊。”

“一个国际化的市场，在那里无论是外国的香烟，还是西藏的酥油，什么都能买到。”

“远处的街道上是高级的店铺，里面摆放着漂亮的毛皮和用最好的驼毛制成的颜色亮丽的细布。”

“就这座城市的风格而言，我们从未见过一个北方城市居然有这么多的马车和如此多变的气候，这些在南方都是不曾有过的。”

“寺庙真多，在明媚的阳光下异常迷人。”

——这就是初到兰州，这座西北城市留给金女士的印象，就这印象看，就是把兰州作为第二故乡，就此定居下来，金女士也会情愿的，但两周后金女士就离开了兰州，她离开兰州的时候，兰州已经模样大变，“整个城市显得异常萧条，空气里弥漫着火药的味道，整座城市像被疯狂扫射过一般”，不用说，被金女士如此描述的城市已经是地震后的城市了。

地震到临之时，一个三岁的小女孩正在熟睡，一个五岁的小孩子在另一个房间里休息，大人们正在讨论《圣经》的一个章节，准备跪下来祈祷，就在这时：

“突然一个奇怪的干扰开始了。”

“在头顶，像沉重的马车发出了隆隆声，又像是架在空中的铁轨上有火车向我们驶来。”

“它是那样令人费解，又是那样强烈。”

“我们还在祈祷，感到地板开始晃动。”

——就这样地震了。

金女士在地震中显现了一个传教士特有的情怀和镇定。之后她和其他传教士很快投入了救灾赈灾，“接下来的几个月里，十二万元被投入到了救灾中”，十二万元，若是大洋，可真是了不得，从1921年1月1日到1921年12月31日，整整一年的呼号奔求，甘肃赈灾救济会共收到各地捐款三万一千元大洋，这其中的捐款人还包括黎元洪、曹锟等大人物，但愿金女士所记无误吧。

金女士离开兰州前夕，还见到令她难忘的一幕，这就是兰州数千各界人士在都督张广建的率领下，浩浩荡荡前往黄河边祭拜河神，如此大灾难，也许是犯着河神了吧，因此要到河神那里做一番工作。仅香火钱就花了一千大洋。危顿之际，一块大洋可买差不多五百斤土豆，以一块大洋救三个人计，就能救数千人性命，但谁算这样的账呢？金女士有幸在街上遇到正祭罢河神归来的张都督，“当时都督正坐在华丽的官轿上，穿戴齐整的官员与士兵紧随其后”，金女士忽然记起，不久前一个教会学校举行开学典礼时，张都督要到场讲话，给金女士印象格外深刻的是，张都督还没到场，但是他的专有的座椅已经盛气凌人地摆放在课堂里了。

另有一个事，金女士在她的著作里也捎带提及，就是大灾之年，甘肃竟发行劣质铜币，别省不能通用，只能在甘肃境内流通，而甘肃正值大灾之年，五谷难丰，灾民拿着铜币无粮可买，由此饿死者甚众。就是这种不能当钱来花的钱，在甘肃竟然发行了四年有余。

如此记录说明金女士即使离开了兰州，但心里还记挂着这个使她觉得一时惊艳的地方的。金女士还提到了兰州的白塔山，震后，白塔山受损严重，好像被削去了脑袋。这样的变故对于一个传教士来说，印象自然是再深没有了。

2019.8.20

讨　火

我们小时候，也听到一些关于大地震的故事，当时也只作故事来听，听个有趣而已，慢慢地才觉到这些故事里的真实滋味。

这个故事是姑太太来我家时讲给我们的，姑太太长着一张狮子脸，夜里，在油灯光下，看起来有些可怕，而且姑太太投在墙上的身影那么大，几乎占了多半个墙壁，但因为我们知道这个狮子脸的老人就是我们的姑太太，也就不很怕了。姑太太来的时候，有几次带着她的孙女子，记得叫尔麦，长得不怎么好看，但是会做饭，母亲、姑姑她们去队里劳动，等她们散工回来，尔麦已经踩着板凳把面和好擀开在案板上了。二姑说等以后长大了让尔麦当我的媳妇。我两个好像都不情愿，热情度不高，其实尔麦比姑姑都大着一辈的。

姑太太给我们讲了个讨火的故事。

说是有一个庄子，叫黄蒿湾。蒿子多的原因就叫了个黄蒿湾。十几户人家八十来口人，在崖畔子下面挖了些窑洞住着。也有几家住着箍窑。庄里有一个年轻媳妇子，男人殁了，一个人拉扯着一个九岁的女儿过活着。女儿名字叫个丑女子。地震还没有来，但黄土呛得人咳嗽，远处还闪着蓝光。丑女子说可能要下过雨了，闪电呢。妈妈说冬天下的啥过雨？但是妈妈也看到了闪电，她没有管，闪了叫闪去，她想去尿一个，又不知道啥原因，心里瘆哇哇地怕。那时节丑女子已经脱了睡下了，妈妈喊她起来给她做伴。你就在门前头尿去嘛，丑女子说着，还是穿了衣裳出来给妈妈做伴，还没出门，就是蒙面揭耳的一声响，地动了，崖面子滑下来把妈妈压在下面，把丑女子就像气吹着那样往前一吹，土末子把她的后腿压住了，不妨事，挣扎了一下就出来了，但是妈妈埋在土里，就出来个头顶子。丑女子连哭带喊往出刨，刨出个头和胳膊，再没个力气刨了。好不容易到天亮，眼前的庄子像把老坟园挖开了一样。一庄子八十来口人，包括丑女子娘儿俩，活了二十六个。都各顾各了。一天时间，丑女子都在刨着妈妈身上的土。有些硬土块丑女子实在无能为力，丑女子她妈也一把一把两个手抓刨着身上的土，到夜影子下来，把妈妈从土里头刨出来了。可是动不了，腿打坏了。一点一点爬到一个草垛跟前，把草垛撕开一个洞，娘两个钻了进去，夜里差一点冻死。还不停地震着，地面颤得哗啦啦的。好在是个草垛，你颤我也颤，但就是不倒下来。到第三天，看样子要下雪了，实在冻得受不了，妈妈说，要是有一把火就好了，这么下去把人活活一冻死。丑女子说，她去前面的庄子里寻个火去。妈妈说，这寒天冷月的，你往哪搭走呢？丑女子说，她看到前面的庄子里有烟冒，那就说明有火呢。不能叫冻死。就让丑女子去。真是胡大的造化，眼前头晒着一坨儿羊粪没有让土压住，还在眼前头黑乎乎的等着救人呢。

妈妈就让丑女子把一个喂鸡的破盆子拿上，尽量多带一些羊粪蛋去，讨上火以后，不要把羊粪蛋都放在火里，隔一阵放几个羊粪蛋，隔一阵放几个羊粪蛋，以火种不死为原则，问丑女子，可记下了？丑女子说记下了。妈妈说，不管要上要不上，都要尽快回来，记着不要走夜路。丑女子就出发了。顿亚（尘世之意）看上去就像死掉了一样。风吹得一路的草响着，就像妇人们哭难心呢。丑女子讨了火往回走，按妈妈说的，看火盆里的羊粪蛋儿要烧败了的时节，就从口袋里抓几个新羊粪蛋丢进去。但是到半路上出事了，丑女子一脚不小心踩到一个土坑里，收不住步子跌倒了，火盆拿在手里没丢开，火盆里的火却掉出来了，风一吹就一亮一亮跑到前面去了，追都追不上，追上一两个，也烧败了，风一吹吹化了。丑女子坐着哭了一场，这就等于没要上火。没要上火回去干啥。回去也是一冻死。妈妈要是冻死丑女子也活不成。这样丑女子又返回去讨火了。边走边拾着一些耐烧的草。她担心口袋里的羊粪蛋已不够续火。

等丑女子二次讨到火走过来的时节，已经有夜影子了。地震后的白天就像比平时短了，紧赶慢赶就夜影子下来了。丑女子心里着急，还不敢快走，担心再踩到哪里去。走着走着，就见前头迎过来一条狗，时间不长狗成了两条，并齐并蹲在前头看丑女子，牙一龇一龇地像给丑女子笑着呢，丑女子站住，把手里的一把干草做样子要扔出去，喊了一声：狗——！那两个蹲在那里不为所动。

姑太太说到这里的时候揭开了谜底，姑太太说，那不是狗，是两只狼。丑女子叫狼吃了，丑女子她妈还在草洞洞里等着呢。记得姑太太讲到丑女子让狼吃了时，我们都吓得要把头蒙起来，不敢看姑太太的狮子脸了，觉得姑太太那一脸蛛网一样的皱纹里，趴满了各式各样可怕的人生故事。

2019.8.20

卢襄老

这个故事是姑太太和爷爷拉闲话的时候说起的，两个人你一句我一句，都分不清哪些是姑太太说的，哪些是爷爷说的了。

说的是卢襄老的事。

先说说什么是襄老。每一个清真寺都有两个核心人物，一个是阿訇，一个就是襄老，阿訇负责教务，襄老则总管除了教务之外的一切，是寺里说一不二的人物，某些有实力的襄老，还可以随自己的心愿聘请或解聘阿訇，连阿訇也让着襄老三分的，一般清真寺里的襄老，都由一方的大户望族的头面人物来承担，如此有号召力，有做事的能力和方便。卢家是县城西门的大户，而西门清真寺是县上第二大清真寺，阿訇得延聘个大阿訇不说，襄老也得是个厉害人物才可以胜任。西门清真寺的襄老自然要出自卢氏一门，清真寺的建起卢家出资差不多占了一半。但谁也没有想到卢家出面任襄老的人才二十来岁，同时也可见得这个年轻人的不一般。大地震的时候，他虽然才刚刚二十六岁，但是任西门大寺的襄老已满两年，都觉得从人品能力尤其宗教悟性而言，没有比他更适合任襄老的人了。

卢襄老个头中等，言语温和，但是却有着一种众人愿意服从的力量，比如节气聚会的时候，千人万人在寺院里，场面总有些混乱，但只要卢襄老从一边安步走过来，站在大殿前望上两眼，人群就退潮那样安静下来。然后他后退一下，把阿訇礼让到前面，让阿訇给大家开讲悟尔孜（带有宗教意味的典故）。

地震那天，在阿訇的卧室一侧的经房里，卢襄老和阿訇说了一些高话道话，就是教门方面比较深邃的话。卢襄老热衷于和阿訇探讨这些。一个称职的襄老也应该是半个阿訇才是，这样教民更容易服气你。一点宗教修养也没有的人当襄老，自己勉为其难不说，大家对他也是容易失敬的。卢襄老问了阿訇他在礼拜中的一个体验。卢襄老说，阿訇老人家，我今儿礼拜的时节，突然地觉得这个礼拜的人不是我，把我吓了一跳，把拜都坏了。阿訇说，不是你是谁？就是你卢襄老在礼拜着嘛。旁人看是我在礼拜着呢，我觉着不是我，阿訇你把这个给我破一下。教民们常这样说话，有什么疑问了求阿訇答疑释惑，就说请你老人家给我破一下。阿訇说，你说不是你也对着呢，人的认识过程是一个长路，但归到了还是你卢襄老嘛。阿訇说，有些事情想想就刹住，不要想得太深，不要深到自己折不回来的地方，你比如我们没舌头说不成话，但是谁每次说话要把舌头吐出来给人看呢？所以说该扬的要扬，该藏的要藏。卢襄老说，我回去吃饭，吃过饭来了我两个接着说。阿訇说好。

出了寺门，走在路上，卢襄老还在想着和阿訇的交流。教门是要和真主悄悄交流的，和人说白说着呢，人只有两个眼睛，看东不能看西，看西忘了看东，卢襄老记得阿訇这样自负地说过。这一次搬来的阿訇不错，一看面容就是个大阿訇。走过涝坝边的麦场上时，忽然看到西天那里红了一大片，像是牛皮癣给猛火烤烂了似的，卢襄老觉得没见过天空成为这个样子。这时候坝沿上掠过一阵旋风，像一个给捆得紧紧的人拼命挣扎着那样。房子啊，树啊，场上的碌子啊，麦摞啊，等等，都像谁吹了一口气那样给定住了，虚虚地站着不敢动。卢襄老觉得自己好像给打了一闷棍，好像觉着自己真不是自己了。万物归主。他努力把自己的意念往一上集中，就见远处的石碌子自己动起来，他念诵了一句就想跑，还没跑起来，就被一种绝大的力控制了左右了、淹没了。接下来的事情卢襄老自己都没法子讲述，他说就是做睡梦也做不了那样的睡梦，他说一句话，真主让你活你就活，让你死你就死，没什么商量的。真主不要我的命，我就逃脱了，不是我凭我的能力逃脱的，我啥能力都没有，卢襄老强调一样说，害怕人误解了似的。

接下来的事情大致是这样，就是麦场边的一口水窖，窖墩子突然裂开了，卢襄老正在跟前，就掉下去了，大半窖水，肯定是淹死了，但不知怎么一来，水底下突然来了一股力量，让水平地起浪，发射一样把卢襄老从深处发射上来。发射上来还得往下掉啊，掉在不住跳弹的石碌子上咋办？掉在石头一样硬的麦场上咋办？再掉到水窖里咋办？长话短说，这几个地方都躲过了，就算是专门安排也安排不了那么好，卢襄老自半空里一落，落在了水窖边的一个麦摞上。还有什么要说的呢？运气好到了这个程度。世上还有这么好的运气吗？卢襄老想把这作为一个机密深藏在心里，谁也不说，说了也没人信，让人信干什么呢？人信的部分总是浅薄的。过后卢襄老思谋了一下，他觉得真主没收他的命，把他放过了，那说明他这个人还有用处呢，那就赶紧用起来，命是真主给的，就用在真主的事上，真主的事情是啥事情？现在这么大的难，帮人救人就是真主的事情。这么着一想，卢襄老觉得自己思路清晰了，有事情干了，腿杆子有力量了。

卢襄老后来给人讲过地震那天，他和阿訇的谈话，联系后面发生的事情，他觉得那天的谈话不是个一般的谈话。但是，阿訇却打坏在经房里了。阿訇可能正坐在桌边看经，他的头受了伤，脸埋在打开的经里，像是要更深入到经里面去看看究竟。

2019.8.21

蝴　蝶

独木难支。

卢襄老又约到老坟洼的哈多思阿訇和南关清真寺的买鸿一阿訇，三个人一起行动了起来。

大致分工是，卢襄老负责筹措粮款，让劫后余生的人先吃上点喝上点，穿上点盖上点。哈阿訇负责把震亡的人往寺里运，寺虽然没了，底摊子在呢，抬到底摊子也就等于抬到了寺里，活人死人都是这么个望想。买阿訇的任务是负责给亡人濯水（沐浴）站者那则。尽力做，能做多少是多少。还可以把幸存者、伤轻者发动起来，活人抬埋死人，伤轻的照顾伤重的。对于一些年轻力壮可以出力多的，不但要管吃管喝，也还要适当地给一点补助，总之是调动一切可以调动的资源和积极性。这是针对回民。关于别的民族，因各有习俗礼仪，不好僭越，只能助以一定额度的钱粮物资等。比如分发饮食衣物，只要手伸到跟前来的都发给，回汉在同一个城里生活久了，互相都熟悉了解，有的汉族同胞领到东西时也不忘念一句经文。

粗粗估算了一下，海原城当时住民大概八千多不到一万人，震亡了四千三百多人，伤两千有余，但是看到的活人似乎没有算下来的活人多。县城除了钟楼再没有剩下什么。人来往在废墟上，就像一场惨烈的战斗后从死人堆里爬出来的游魂。就算是活人也不能给人实在感，好像你招呼一下他就会突然消失掉。好像人是很容易消失的了。但是据说劫后余生的人一个见了一个亲热得很，不管认得认不得，都是跑过去抱住先哭上一场。县衙也毁了。县知事胡文海的轿子毁坏在一边，轮子掉了一个，灰头土脸地歪斜着，半点子威风也没有了。

好多天，整个已成了废墟的县城都给人一种缓缓旋转和不停下沉的感觉。

亡人一个一个地抬到寺那里，摆了一大片。非常时期，濯水等等，难得细致，不得不多少带些象征性。站者那则倒是好站，一个亡人那样站，千百个亡人也是那样一站，但是从来没有一次性给这么多人站过者那则啊。买鸿一老阿訇高声赞念，好使每一个亡人都能听到他的声音，一边眼泪顺着胡子往下流。主啊，我们的难大着，全靠你的饶恕和慈悯，他捧起一双历经沧桑的大手祈祷着。总之一句话，死的已经死了，只要有一口气的还得好好活，还得把死人负责送到好路上去。但是问题来了，老坟洼离寺这里可不算近，这么多亡人，谁把他们一个个抬到老坟洼里去呢？四个活人抬一个亡人，那得多少个活人呢？活人算起来好像没那么多。这样一个一个抬，抬到啥时候去呢？这时候就觉得一是亡人太多了，一是老坟洼太远了。把大家愁住了。这时候卢襄老出了个主意，卢襄老说，不往远处抬了，就近埋，寺后面就是他家的地，卢襄老把自家的地舍散出来六十亩当坟地，这样不就没必要往远处抬了吗。时当腊月，又给万民戴孝那样下起雪来，雪花子有铜钱大，坟硬得挖不开，卢襄老和两个阿訇商量了，说真主是给人容易的不是给人困难的，咱们也不要为难自己了，特殊事情特殊处理，人情教理上都是允许的，于是决定，第一，坟坑不必要挖得太深，能埋住人就是了；第二，一个坟坑掏四个龛堂（回族人放遗体的洞穴），一个龛堂里埋一个人，这样一个坟坑不是就能埋四个人了吗？甚至一个坟坑里埋过七个人，七个都是小娃娃，男娃女娃都有，埋在一个坟坑里了。埋这些娃娃时卢襄老没忍住落泪了。

即就是这样，到第二年三月份，国际饥饿救济协会的克劳斯一行来极震区考察时，还看到一些遇难者和动物的尸骨在街上无人清理。考察团专门拍了照片，成为了今天关于海原大地震的难得的资料。

说到卢襄老，我忽然记起一件事来。

20 世纪 90 年代初，我在海原县宣传部任创作员，借住在县党校，党校后面不远处就是卢襄老当时舍散出来的坟地。坟地已经扩展到近三百亩了。我那时已经喜好写作，常常喜欢带点饮食，拿两本书，到那一眼望不到头的坟园里看书，那感受是很特别的。记得坟堆子有些挤，就像车为了多装人，不得不挤为一团那样。有些坟已经消磨得只剩一点痕迹了，要在别处，断然看不出那会是一座坟，下面埋着一个或几个人的。记得阳光照着无数指头蛋大的小黄花，在不易察觉的风里轻轻晃动，把人很容易晃入梦境里去。不知道哪来那么多小黄花，不知道小黄花开在那里做什么。我一朵也不敢踩着，一朵也不敢摘，也不愿摘，我会在那样开满了小黄花的坟地里坐一整天。吃就吃干粮馍，喝就喝一瓶五毛钱的矿泉水，觉得这样的日子过一天，胜过了许多其他日子。黄昏之际，城里的广播响了。穿过一条长长的巷子就到了街上，看着街上往来的车辆人流，我觉得自己有一种死而复生的隔膜感和新鲜感。死的静谧和生的热闹，我算是于一天时间里都见过了。

记得一天，我离开坟园走在那有了淡淡夜影的长巷里，听到广播里正播着我的一篇散文，这时候在我眼前不远处，恍惚看见好像有一只蝴蝶在飞，我终于看清了，确实有一只蝴蝶飞在前面，是一只黑蝴蝶，两边的翅翼上各有着小黄花一样的饰纹。这时候怎么会有一只蝴蝶，它飞来这深巷里干什么。它飞得并不快，忽上忽下忽左忽右的，好像不必遵循什么路径。我跟了它走着，它快我快，它慢我也慢，就这样一直走到快要出巷子里。巷口那里被街灯照亮着。它飞入亮处，忽然像个幻影那样就消失了，我找寻了好一会儿也没有找见。

回到家里，就听下班回来的老婆说，卢襄老无常了，这老人家整整活了一百岁。

卢襄老大概是世界上被叫襄老时间最长的人。

我因为那只蝴蝶的缘故，卢襄老无常那天，我就记得格外清楚。

2019.8.21

初　七

在谈到海原大地震时，金乐婷女士在其《大西北的呼唤》中有这样的文字：

“对这个地区而言，受灾最重的是当地的穆斯林。”

“他们的一位宗教领袖遇难了，被追随他的数百信徒安葬。”

“直到这位领袖的侍者来请巴瑞医生就诊，人们才知道了这位非凡人物的命运。”

“他有种不祥的预感，似乎有灾难发生。”

“他夜夜都在一个大清真寺的窑洞中祈祷数小时。”

“那个预言发生的傍晚，他早早就净了身，然后去了清真寺，和他的儿子及侍从们待在一起。”

“人们普遍认为几百名穆斯林和他们的领袖在这里召开了一个带有某种含义的会议。”

“具体内容无从知晓，因为就在这期间，地震发生了，窑洞塌陷，结果无一人幸免。”

“巴瑞医生说，他（宗教领袖）的家在西吉沙沟，长长的山谷中居住的大部分是穆斯林，据说大概有一万人因为两边的山体滑坡而丧生。”

金乐婷女士所记的事情，在我们这里更是被代代传扬。

金女士提到的这位宗教领袖叫马元章，人情练达，品性淳厚，是一个中国传统文化功底很深的人，有汉文著作传世。

关于他和另一位宗教闻人的往来细故，众人可以说是口耳相传，津津乐道。那位宗教闻人姓安叫安洪秀，和马元章分属两个教派。大震前一个月的某日某时，在西海固大地上的某个路口，先是马元章老人家由此路过，不久（据说相隔不足半个钟点）安洪秀老人家也有事从此经过，有人把这个事情说与两个老人家，意思是这是多么难得多么蹊跷的事啊，一个再慢一点，一个稍快一点，不就遇面了嘛。这里的人把宗教领袖习惯于称呼为老人家，无关年岁，是很郑重很有分量的称呼。据说马元章老人家听了后笑着说，前世里不见，后世里见嘛。意思是活着不见死了见。大地震后，教民就重拾这话，咂摸着这话的不一般。其实也可能是一句平常话也未可知，人总是要死的，这话无论怎么讲也不会落空，只是说这话不久就发生了大地震，使人们很容易附会的。另有一桩事，也是关于两个老人家的，说是大震前一周左右，马老人家派人从沙沟到近百里外的韭菜坪拱北请安老人家，说他要宰牲过个尔买力（宗教仪式，纪想亡人的活动），请安老人家来吃个油香。安老人家对来人讲：“初七有呢，单怕没个初八，要是有个初八的话，我就来。”马老人家嘱咐过送信人，要是安老人家说他不能来，就把乜贴提前散给。来人就把乜贴散与安老人家，是一个银圆，安老人家也收了。回来说与马老人家，马老人家说，好，请到就好。

说话就到了老历十一月初七，黄昏时节，沙沟一带忽然起了黄风，在野地里乱刮，在一些落了夜影的土路上一路刮过去，像夜行的人着急回家那样。山畔一带的天幕红起来，像得了眼病似的。正是宵礼时候，数百穆斯林正激动着心情跟随马元章老人家礼拜，之所以有这么多人来礼拜，之所以心情有别于往常，是因为平时都是阿訇领拜，正碰上阿訇有病，马老人家忽然提出今儿的拜由他来领，这让大家喜出望外，一传十十传百，很快礼拜的人就比平日多出好几倍。有人因为过于激动，在拜中落泪了。就在礼第二拜时，就在马老人家两个大拇指搁在耳垂下，大声念出一声时，好像应声就地震了。看到挂在墙上的马灯一下一下拍打着墙，捶胸顿足那样。

是的，做礼拜的人，一个也没有活着出来。

再说安洪秀老人家。安老人家也在地震中归真了。

我是属于安老人家这一教派的。2008 年，主持我们这一教派的李德贵老人家于弥留之际，讲述了一些经历与往事，其中就说到他的师傅的师傅，也就是安洪秀老人家，说是初七那天，韭菜坪有一个专门给拱北上烧水的人，吃过晚饭，就照例去拱北，到门口却见大门从里面闩着，从来没有过这样的事啊，这还远远不到闩门的时间，就拍打着喊开门，喊了半天，门不见开。这可怎么办？拱北的水谁来烧呢？就想老人家是不是有事外出了，留下的人偷懒，早早就把门闩上了。又在大门口站了半天，不见门开，就回去了。他老母亲问他说咋回来了，他就如实说了。很快就地动了，他因为心思不定，在院里乱转，逃脱了，在屋的人都打坏了。

李德贵老人家讲，其实安老人家就在拱北里的，教民们找到他时，发现他就坐在一把竹椅子上，脸上遮盖着一条白毛巾，毛巾上都是土。都说这毛巾是谁盖在老人家脸上的，是他自己盖上的吗？那毛巾被珍存起来，成了拱北上一件重要的文物，我们都见过的。

此后又发生了两件事情，一件发生在马元章老人家那边，就是那个阿訇，他不是有病了不能领拜吗？事后他觉得他是错过了一个机会，一个错失了就不可能再有的机会，他没能和老人家亡在一起、亡在一时，使他觉得难以接受，对自己不满，老人家头七那天，他给老人家上过坟，就口里赞念着跳到水窖里去了。

安老人家这边，那个给拱北上烧水的人，他用安老人家遮脸的毛巾在自己的脸上擦拭了几下，就不再吃喝了，他就这么走了。他被埋在韭菜坪拱北正对着山门的一块土地上，和他埋在一处的，都是对教门做过大大小小贡献的人。去上拱北时，总有人指着他貌不惊人的坟头说，看，这就是那个烧水的人。

世上总有着特别的逻辑和向往，是相隔膜的人难以共鸣的。

2019.8.22

回民巷

爷爷生于1924年，有幸错过了大地震。但是听到的关于大地震的故事是不少的，在他的童年少年时期，大地震应该是一个很重要的话题。其实大地震爷爷也赶了一点尾巴的，据说余震一直持续到爷爷落生那时候，当然已经是威势猛减，就像暴雨之后的漏雨那样了。

关于爷爷自己的事后面再说，且说爷爷讲过的大地震时的一个故事。

城里（我们所谓城里就是指县上）有一个人，叫李振铎，四十岁左右，很能干，吆着个驴车走陕西一带倒布匹粮食等，可谓大钱没有，小钱不断。李振铎又颇善管理，即使钱不是太多，也可以给人看作是有钱人的样子，这样县商会就把他吸纳为会员，能入县商会的当时不足百人。

经济条件允许，加之时空上的方便，李振铎就娶了两个老婆，一个在老家，一个在西安的回民巷。两个女人都知道这个事的。相隔太远，不在一个锅里搅勺子，两个女人都可以错觉着丈夫只有自己一个女人。人是很容易骗自己的，只要能哄得自己相信，也没有什么不好。李振铎每年跑西安五六次，去了住个十天半月，海原这边的女人一算账，大部分时间男人是住在自己这里，这就有了优越感和满足感。其实西安的女人毕竟人家是城市女人，李振铎虽然在老家时间长，但花在西安的钱肯定要多一些。两个女人争气，算来打了个平手，每人给李振铎生了一儿一女。大儿子在老家这边，快娶媳妇了，小儿子在西安这边，还不到七岁。总之日子过得钱粮裕足，风平浪静。

震前一个月左右，李振铎收拾停当，准备去一趟西安了，他要拉一车荞面、粉面子到西安去，倒弄些东西回来在这边再卖。临出发时，女子提出来想跟他去西安浪浪，伙伴们撺掇得时间长了，说你大把西安的路都跑断了，咋没领你去上一回？你是你大的后女子吗？女子一直说不出口，这一回一使劲，就说出来了，女子说我去看看我妹我姨娘。那边还有个妹妹的，说是姊妹，一个没见过一个，想见一下，人之常情，所谓姨娘就是西安那个女人。你就说你想浪门子的话嘛，还搭了那么多皮，李振铎虽然说是这样说，但还是答应领上女儿，女儿也十六了，在自己跟前待不了几天。李振铎给女儿说，去了给你买几片片衣裳。给我妈也买上两件，女儿维护着妈妈的利益。就这样，李振铎领着女儿去西安了。在西安浪得很高兴，姨娘是个好姨娘，很大度，把来浪门子的女儿真当作自己的女儿，亲自带着她游玩吃喝买这个买那个，当然钱都是李振铎出，但李振铎心里高兴得很，觉得自己有本事，在西安都找了个女人，还是个好女人。待了十天，要回去了，西安的妹妹眼泪掉串串，不让姐姐走，两个人没要够，大城市的吸引力吧，姐姐也好像没浪够，恋恋不去的样子。姨娘就说，这次不回去了，下次你大来你跟上回去，说不定我在西安给你找个女婿呢。这话让李振铎心里一动，是啊，要在西安给女儿找个女婿，那当然好嘛，就给女儿说，你姨娘是个贤惠人，你跟上她也能学些好的。就决定女儿暂时不回来，待在西安，下次来再回不迟。但是七岁的小儿子却跳出来了，说要跟车去海原浪浪，都不知道详微，其实是大姐姐给小弟弟暗地里做了动员，说海原多好，说牌路山多好，五桥沟多好，月亮山多好，放羊的还唱花儿呢，还说糖瓜子、甜醅子多好吃等等，这么一蛊惑，小儿子就跳着闹着要去海原了，多大的个事情，他的眼泪流了已经有一小碗。那怎么办，肯定是要带回海原去了，他妈有些舍不得儿子去那么远，但是娃娃跟的是人家的老子，这还有什么要说的吗？而且去看看哥哥，去看看大姨娘也好啊，就这么定了。小儿子坐在驴车上，高兴得挤眉弄眼的，说回去回去，回来我给你们唱花儿。

事情就是这么个，回来后不几天，就地震了。

海原这边，就剩了李振铎的老婆，她觉得心口子疼，去找一个老奶奶给她眉心里放血，出来正走在街上，就听汽灯一连串掉在地上，街道就像放满了东西的席子那样胡乱卷起来，她本来就身体不好，就借势晕倒在街上。

后来西安的女人请她到西安去，大家生活在一起，她不去。女儿回来了，也是劝她去西安，说那个姨娘人不错，还行，还有点老底子带上，去西安做个小生意，回民巷都是做生意的。她让女儿去，她不去。女儿哭了一场就去西安了。

西安的女人听说有了新家庭，这边的女人没再成家，一个人过着。后来据说是要把她划为地主资本家，拿出了她男人是商会会员的事。其实也没有怎么斗她，比起斗得重的，她就是斗了个皮皮儿罢了，但是她一生气，在老门框上把自己吊死了。

2019.8.23

田　平

20 世纪 90 年代初,《固原报》曾特辟出一个栏目，专门用来征集关于海原大地震的闻见传说，虽然因时隔久远，能说出有价值资料者已为数不多，栏目开办不到一年就停了，但做总是强过不做，细加盘点，还是收集到了一些传闻逸事，拾遗补阙的作用是有的，包括本篇在内的十个小故事就来自于这次征文。

西吉县有个郭村，村子不小，有百多户人家，住在深沟下面相对开阔平展的一块洼地里，土质肥厚，洋芋有长到碗大的。村民们住在这里至少几百年了，看一看村里的老庙就可以知道。郭村往上的半山坡上，也有相对开阔的一块平地，就像半坡上余出来的一个大阳台，好地方总是容易被发现的，那里也散住了几十户人家，形成了一个叫刘昭寺的村子。村顶端是一个小庙，看起来像常常要飞离村子那样。

闲话休讲。

说是地震那天，村里的一个叫田文的人匆匆吃过晚饭，丢下碗就往山上爬，他要去五华里外的黄川村看皮影戏。爬上沟顶，田文看见快要落山的日头像一个紫洋芋被烤得熟透了。红得发紫，听人这么说过的，但是没想到日头也可以成为紫色，活了差不多半辈子，没见过日头是这颜色的。因为要扯心着看皮影戏，田文把紫日头看了一眼也就走了。但他还是来得迟了，放皮影戏的窑洞里已经挤满了人，想找个人缝钻进去根本不可能，田文又是个中等偏小的个子，踮起脚尖来也看不到什么。而且人多的地方味道还不好闻，田文尝试了好几次，没奈何，只好退出来准备回家，要是不要吃饭赶来就好了。不免有些埋怨婆娘，让吃了走吃了走，吃是吃了，把大事耽搁了，婆娘的话听不得。

看不成戏，只好回了。

一步步走到沟顶上，看到枯草像通电了一样颤着，发出一种金属才有的声音。看方才日头落下去的地方时，山头乌突突的，像一群恶人跪在那里等着受刑。挨着山头的天空胡乱涂了鸡血似的。后面忽然刮来一阵风，追着什么一样窜入沟下面去了。有什么地方不很对劲。田文支起耳朵听着，听到心跳的声音大起来。伴着他异样的心跳，地就狂乱地抖起来，田文没来得及反应就被震趴在地上。在黄风土雾里，在牛被割开脖子一样的吼声里，田文看到了好像梦境里看到的一幕，他看到对面坡上的刘昭寺村像个筛子那样晃动着，坡顶的小庙得到了什么召唤一样，越过村子，鹞子一样飞入山沟里去了，看起来轻得就像一片羽毛。紧接着就像两方面较力，终于受不住了似的，村子和后面的坡体突然断开，整个村子像坐着一艘大船一样往沟底滑去，速度并不是太快，然而势如破竹，不可阻挡，刘昭寺村家家户户的油灯还亮着，星星点点，在越来越快的滑动里像是在挥手告别，像在贪婪地看着最后一眼。不久就看到窑洞一个个不由自主地裂开，摇晃不定的灯光也尽数熄灭。

眼前突然的黑带来一种巨大的静，使人好像一瞬间成了聋子哑巴。

田文觉得自己就像一小块土坷垃被狂舞的大地游戏着，他就这么活了下来，但是他的村子，那个五谷丰登的村子，那个有着数百口人的大村，那个前两天还娶了两个新媳妇的村子，那个有着他的唠唠叨叨的婆娘的村子，那个有着太多东西和念想的村子，完全消失不见了，被带着刘昭寺村滑落的山坡给彻底地深深地埋没了。就像一巴掌扣了个扑火的飞蛾那样。

一村子就活了一个叫田文的人。

看皮影戏的一个没能活着出来，先是窑门塌了，演戏的看戏的都被打在了里头。

人总是要活着的。这个叫郭村的地方后来又有了人家，这是块好地方，土地养人，只是村子换了一个名字，不再叫郭村，叫田平。有人讲田平一说，来自填平，意思是这里曾经被填平过，更名田平，有多少祝福和祈愿的意思在里面啊。

2019.8.24

靳守仁

靳守仁没想到虎玉池给自己也下请帖。其实靳守仁和虎玉池没什么交往，虎在县一中以自己父亲的名义设了一项奖学金，靳作为校办副主任负责接交了一下而已，当然认识算是认识了的，虎玉池握着靳守仁的手还夸过他，说靳能写能跑，能里能外，人才啊。也就如此而已，没想到虎玉池过六十大寿，靳守仁也收到一张请帖，这使得靳守仁的心里不由得动了一动，觉得自己的分量忽然间重了那么一重。说真的，靳守仁本人都不曾把自己放到这样的位置上。靳守仁感慨，绅士就是绅士，格局大眼界宽，不管它韭菜小草，先一律割到篮子里再说，谁知道谁以后是个啥呢。今儿在你的下手坐着，明儿说不定就和你并齐并坐了。格局大的人就是把各种因素都关顾照应，可备将来不时之需。这样地一想，靳守仁就有些释然了，况且自己也是县上头号中学的副主任呢，在大人物跟前是小人物，在小人物跟前扮扮大人物也不是没可能。人必自污，然后人污之，是啊是啊，正是这样子。

请是被请了，那么去不去呢？本来去不去就不是个事，肯定要去，可是看了看虎先生过寿的时辰，正是靳守仁出差的时节，靳初六出差，虎初七过寿，正好不是靳不在固原在兰州吗？靳守仁去兰州是一个差事，时间已经定好了的，就是兰州的一个中学，要捐给县一中四套篮球架、二十只篮球，现在是快要放寒假之际，学校都赶着把一些计划好的事情一下子了结了，约定靳守仁初七到兰州，那么靳守仁初五至少初六就要从固原出发的，本来一心准备着去兰州，又出来虎先生这个事，是个瞎事倒罢了，偏偏还是个好事，去了也看看大户人家的排场啊，看看都去了些什么人物啊，靳守仁想一众人物里，自己一定是帽子最小的了。

他的低头纳闷长吁短叹引起了老婆的不满，问他花椒吃多了还是咋的。老婆也不是一般人，在女中任教，说出来倒可以讨个主意，就说出来了。说的时候靳守仁觉得自己的情绪有些不对劲，他都在心里嘲弄自己了，不过被请吃一下，至于吗？何况请的还远不止你一人，何况所请的人里你也不是最重要的，他觉得自己好像吐露着一个重大的给家庭会带来什么祥瑞的信息那样。老婆果然被惊了一下子，接着说，骗人，人家虎先生请你做什么，势没势，钱没钱的。这话谁听了都不舒服。靳守仁压着不快掏出请帖来，他怕把请帖折损了，就夹在胸前的衣服和衣服之间，这样既不会折损，也不至于掉下来。老婆接在手里，像看一面奖状那样看了，说，可能虎先生知道内部信息，说不定你要升一下了，说得靳守仁的心里像皮鼓被重槌敲了一下，马上头摇得拨浪鼓似的，说不可能不可能，不要乱讲了，我提上副主任才几天，咱们后头也没个人。老婆也觉得提升速度不会这么快，忽然说，你不是要去兰州吗？是啊，我要去兰州可是虎先生来了请帖，两个事情冲突了，你说咋办？老婆说，出差的事不能不去，这是公事。而且靳守仁还承诺到兰州给老婆买个毛衣，要是兰州不去，毛衣的事不是一并就黄了吗？但虎先生请了也不能不去。老婆说，要么我看虎先生那里就不去了，知道他的好心好意就行了，再说咱们不去在咱们是个事，在虎先生可能没什么，重要的客人都招呼不过来，咱们不是重要客人这一点还是要认识清楚。老婆训学生训惯了，说话就这样直来直去，女人味都因此少了许多。靳守仁忽然说，兰州我可以叫别人去，虎先生既然叫了我就得去，要对得起人家的盛情呢，可以设想一下，这样的请帖总共不会超过五十张。老婆一下子冲口而出说，那你的意思是答应的毛衣不给了？再一个说，公事你推了不好，你刚刚提上副主任，工作就推三推四，给上面什么印象？所以我的主意，宁去兰州，失约于虎先生。靳守仁说，有没有个两全的办法，差也出了，约也赴了。那你脚上要是有风火轮就能两全，老婆说。靳守仁说，要不这样行不行，我还是按约定时间去兰州，公事不敢儿戏，虎先生那里，我写上一幅字，你给拿上，你去虎先生那里，这样，不就两全了吗？虎先生说起来，毕竟我们也去人了。老婆说，我不去，我去那里一站，客不像客，丫鬟不像丫鬟，我去像个啥，肯定一个女的都没叫你信不信？除非是带着家眷，这就另论了，你的字也别拿了吧，你又不是个名人。靳守仁说，我的字虎先生喜欢呢，要不我也不会主动拿字去献丑。两口子论来议去，最后议出一个两全的法子，就是和兰州那边说说，移后两天，毕竟离放寒假还有几天嘛，初七过了，初八去兰州，不是两全其美吗？再说兰州方面，既然答应捐赠东西，就不会变卦，就没必要变卦，不过是在那边多放了两天嘛，地又压不塌。好。商量定了。

初七晚上七点多，打扮一新的靳守仁就在胸前的夹衣里夹了写给虎先生的寿联，如约而至。果然气势不凡，高朋满座，双手频频举起，屁股也一个一个斯文地撅起来。先要报个到才是，虎先生众星捧月，几乎脱身不开，虎先生看起来就像又娶一房新娘子那样。靳守仁在虎先生旁边站了好一会儿，才得到一个可以打招呼的间隙。虎先生很亲热，拉住靳守仁的手，谢谢他的光临，但是忽然虎先生把头往靳守仁跟前迎迎，几乎是把头送在了靳守仁的怀里，虎先生说机密话那样说，小靳啊，咱们是自己人，我就不客气了，你看今儿来人太多，你就反客为主，帮我端端盘子倒倒茶吧。

靳守仁提着个大铜壶挨着桌子给倒茶，心里的滋味只有他自己清楚。

关于那天晚上的事，后来就成了海原大地震的一个重要话题，每每说及海原大地震，都要把这个事拎出来讲一讲的。

报纸也登了消息，章回体的标题是：固原绅士大摆寿宴，满城名人无一存活。

这话说得绝对了，当时参加寿宴的共二十三人，当场打死二十人，存活三人各有名姓，靳守仁不在其中。

2019.8.24

乞丐

有过两个乞丐的事情。听起来都很简单，三句两句就说完了。

一个乞丐的事情是这样。

说是一个女人，大震的时候男人出门给人擀毡去了，男人和他舅舅是毡匠，常走村串户给人擀毡。大震后半年多了，也不见男人回来，也问不上个信。女人的这个村子二十来户人，活了十五个人，女人竟然一家活了两个，她婆婆也活下来了。这么长时间无音信，都想肯定是怎么回事了。婆媳俩就决定宰个鸡，把亡人纪想一下，可是谁来宰鸡呢？哪里找阿訇去呢？

一天来了个乞丐，长得也还顺眼，只是头上的白帽子由白色变成土色了。婆婆拿了个洋芋出去散给他，但一会儿婆婆把他领进来了，原来婆婆说了宰鸡纪想儿子的事，说愁着没个阿訇宰鸡，那人说他虽然不算阿訇，经倒也念过几天的。那也中。于是就恭恭敬敬请了他，他把鸡宰了，那是得吃鸡肉的，阿訇不吃，别人不能吃的。于是婆媳俩在一边煮鸡，他把打狗棍、面袋子搁在断墙跟前呜噜呜噜念经。其实女人念过经的，算是一个女满拉，只是没有女人宰牲的，走来走去的过程中，女人耳朵禁不住一支棱，这人念的是啥经？咋听起来就是个呜噜呜啦。这个不敢莽撞，再细听听，这一听听出来了，干脆胡念着呢。女人就把他的打狗棍、面袋子拿到外面，说，干啥呢干去，好干不下再不要干歹了，我纪想亡人呢，你就不怕雷殛你的头吗？那人听着吓得变了脸色，忙忙穿上鞋，拿着棍子、面袋子走掉了，连婆婆散的那个洋芋也忘了拿。

婆婆还在那边尽心尽意地煮鸡呢，女人走过去落着泪说，妈，咱们心不诚，油倒坏了（西海固一带回族把祭祀亡人的活动叫倒油）。

另一个乞丐的事情是这样。

就是大震的那一刻，一个乞丐讨要到门上。其实这个时候很少有门上讨要的。狗咬得厉害，拽得铁链子直响，听狗的这个咬，来的大概不是什么贵客。女人正在洗锅，就手上淋着水到院子里看，见是一个乞丐，就挖了小半碗面端出去，还没倒入乞丐的面袋子里，门墙带着街门猛猛摇晃了几下就朝院子里倒去了。两个人虽被震倒在地，但是却躲过了这次大劫。女人的一家人就剩了她一个，那个面碗也让街门的横梁砸碎了，碗里的面和扬起的土尘和在一起，看不出来谁是谁了。

老实说，那天晚上，要不是那乞丐，那女人活不过那个夜晚，她被突然发生的事情吓坏了，身子硬硬的路都不会走了。

又是草垛起了作用，不然会冻死。乞丐找到一个大草垛，撕开一个洞，扶女人进去，自己蹲在洞口给女人挡风，他一直说个不停，安慰着女人，关键的一句话是，他虽然是个乞丐，但他不是个坏人，这么大的难发生了，要顺着，不然咋办？把自己痛苦死吗？难心死吗？顶啥用？所以就把心口子按住，把眼睛闭住，一切的一切等天亮再说。女人一次次要从草洞里出来，像是忽然记起了似的嚷嚷着要去看她的娃，乞丐坚决地把他的打狗棍横在前面，不让女人出去。

不时就来一阵余震，使女人和乞丐原地抖动着，听见不知是谁的牙齿抖得咯咯响。

2019.8.25

尕虎

靖远县距离海原县百多里左右，震中打拉池居于两县之间，所以这次大地震，靖远县震亡三万多人，属于受灾严重地区之一。

说一个靖远人尕虎的故事。

尕虎是一个犯人，关在牢里已近五年。罪名不好听，偷牛贼。

一场大震，靖远县城的屋舍瓦栏十有七毁，但是牢房却没有被完全震毁，五十多个犯人里，仅仅是一个犯人睡在门边，被掉下来的油灯在头上敲了一下而已，那犯人用一条布带子包了头做出一种受了重伤的样子。

犯人大多是一些青壮年，火气大，遇事不忍，就到了这里。县知事觉得现在是最缺人手的时候，决定把犯人们组织起来去救援，同时立功赎罪，一举两得，那些犯事不重的，县知事打算救援行动结束后举行一个简单的仪式就把他们释放。这话都要说在前头的，不然不会有积极性。但是把犯人从牢里放出来，就像放出来一群野牲口，只听一个人先喊了一声，说是地震了，接着就乱喊起来，都说是地震了地震了，那时候确实余震不断，任何异动都会被当作地震，于是乱作了一锅粥，根本收拾不住，威吓说，谁敢跑抓住一律死刑。但事后清点，还是跑了十来个，这其中就有尕虎。

知事一看这个样子，就把犯人们又圈回牢里去，最后是把一些罪行不重的人策动了起来，让他们和警署一道，看押监督着其他犯人施行救援，应该说，没有比犯人们更卖力的救援者了，这支力量在救援中发挥了令人意外的力量。有幕僚见犯人逃跑，就建议知事不要走这步险棋，担心不但于事无补，反而趁机为祸，那时候收网不易，悔之晚矣。知事没有听他的。结果证明知事是对的。对于逃跑了的犯人，知事确实是不能放心的，晓知各处，协助拿获。哪里见到，就地正法。但老实说，那样的境况下，朝不保夕，人心惶惶，执行力是可以想见的，所以一旦跑脱，也就真的跑了。但就在这时候，有一个犯人却主动跑了回来，而且还带着一对神情有些夸张的男女。

这个人就是尕虎。

尕虎跑了又回来了，这样的事闻所未闻。

知事也有些被震动，自己的治下出现这样的人这样的事使他觉得欣慰。

尕虎激动得说不出话来，揉搓着大鼻子就是个哭，指着旁边的男女说，让他们说，让他们说，把我亏死了，叫我不见天日的这里头五年。

那显得干瘦硬倔的男子就翻弄着两片薄嘴皮说起来。

原来是这么回事，尕虎带来的是一对夫妻，尕虎在他家打短工，他家有一个养女，和尕虎偷偷好上了，给尕虎做鞋垫，尕虎也买了点东西送与那女子，就让女主人知道了。女主人的意思是我们把这女子养了这么大，吃穿算下来花了多少，把她给尕虎，我们图个啥，在尕虎身上能拿到一点什么可想而知，尕虎的钱都在我们这里拿着呢。两个人一合计，占不上便宜，也不要太吃亏了，总之他两个娃的事情不得成，不能我们栽树他们歇阴凉。两口子里头，女人的计多，女人设了一计，就说家里的牛有病了，让尕虎拉到乡上去看，这边呢，我们大张旗鼓喊喊叫叫找牛，就说我们的牛哪里去了，让大家知道我们的牛丢了，达到这一效果后，我们去乡上找尕虎，这女人计多，搞了好几个人帮着他们找牛，结果就有人兴冲冲地抓到了尕虎，果然是连人带赃抓个齐备，我把你个贼，你把主人的牛偷上往哪里去呢？尕虎百口莫辩，给关到牢里去了。

尕虎从牢里逃脱，一路就朝雇主家跑去了。眼前一片废墟，他不甘心，他必须要找到这对男女，可不能让他们就这样死了，他觉得自己太冤枉了，他挥动铁锹镢头忙乎起来了，尕虎的体力是没有问题的。也是那对夫妇命不该绝，地震打死了他们的两个孩子和那个养女，他俩却存活了下来，当时他俩正在磨道里搡磨，磨扁豆，忽然就地震了，还是女人麻利，拉着男人藏在磨扇下面，磨的底座相对小，磨扇突出来的部分可以藏住人头的，二人只是肩膀受了点轻伤而已。止好磨盘上有扁豆，二人吃着这个，度过了不知几天，反正觉得余生在这样漫长难耐的时间里是早就过完了，稍有点力气就开始用手刨，用磨棍撬，然而实在没有多少力气了，空气不足，呼吸不够，觉得一辈子就这样了吧，哪里想到就在他们绝望的时候，外面正有一个牛一样的人在愤怒地寻找着他们呢。

总之就这样，这夫妇俩因此生还了，又一次带着自己虚虚的身影站在了日光下面。

干瘦的男子说着，忍不住气愤，伸手打了女人两巴掌，女人瓷着脸，好像被打的不是自己一样，只是木然地动着眼睛，好像她的魂丢了那样。

知事让不要再打了。问那女人说，你说你该打吗？

女人丢了魂一样不说话。

男人举起来旧瓦片似的巴掌又要打，没有打过去，呵斥说，官老爷问你话呢？咋没个声响？

知事摆着手示意不要再为难女人了。他的脸欣赏地对向了尕虎。

尕虎扑通一声重重地跪了下去，好像这一跪把他的膝盖都跪折了，尕虎请大老爷原谅他的逃跑，他逃跑为的就是这么个事，他要把事情搞个清楚，现在事情从里到外清楚了，他感谢大老爷给他主持了公道。接下来怎么着，请官老爷指教。

挨了巴掌的女人禁不住斜着眼睛看了看跪在一边的尕虎，看到他压在屁股下面的一双大脚，看到他规规矩矩顺在膝盖上的粗大的双手，忽然觉得真是错看了这个小伙子，怪道女子偷着给他做鞋垫呢，怪道女子打着骂着都不听呢，人家两个年轻人背地里说的话，她当然听不到的，她就看他是个雇工而已，和家里的牛差不多。

知事露出大为快意的样子，像看着一件稀罕物那样看着尕虎，说，我想想让你干个啥好，不过你媳妇的事包在我身上。

2019.8.26

关门山

从五桥沟上去有一个叫关门山的村子，村里五六十户人家，此地地质沃厚，水草丰美，村里人大都以牧羊为生，冯兴堂一家就养了近八百只羊，一年仅羊毛钱一项也是一笔不菲的收入，到剪羊毛的时节，毡匠们像早就预约好一样从各个山头出现了。狼多，家里看羊狗就养了七八条。可谓实实在在的养羊大户。冯兴堂挣了钱有两个爱好，一次请秦安的匠人来给自己挖窑洞，把自己的窑洞挖得七拐八拐像个神秘的地道；再就是在地道里藏粮食。那时候兵荒马乱，狼多，比狼更多的是土匪，村里的一个老汉，在一个有月亮的晚间爬上窑洞去看烟囱，刚把烟囱口的石块挪开一点，烟冒出来的同时，啪的一声枪响，土匪把他打掉了。打他做什么，一分钱的好处也没有捞到，据说是之所以打他，就是因为他在月光下太像个靶子了，让土匪练了枪法。别的村子的大户都是打堡子，把自己一家人圈在里面，冯兴堂还没有那么多钱来打堡子，他就在窑洞上下功夫，同时贮存粮食，枪他也买了一支的，加上那七八条要吃人的狗，总可以抵挡一阵子的。

但是还没等来土匪试身手，地震先来了。羊在圈里，大多是在露天里，羊圈里有一些小窑洞，是给那些病弱的产羔的羊准备的，大部分羊在露天里，原本是可以逃生的，但后面的山坡滑下来一些，掩没了大半个羊圈。看羊狗都在上端，一条也没能剩下来。没被滑坡波及到的这部分羊圈，羊基本存活了下来，像罐头一样挤在一起，大概能剩个一二百。冯兴堂的一家人没见出来，他精心构筑的窑洞像个出了事故的火车一样，一时看不出哪些车厢还好着。

村里有一个人，一条腿稍有残疾，光棍汉，他在地震前忽然想到方才走过的路上有几泡牛粪，填一次炕是够用了，他一个人睡的炕也不大，他就背了背篼拿了粪叉去拾粪，拾到中间就地震了，他由不得自己就把粪叉扔到了一边，而且背篼像谁用力拽着那样把他拽倒在地。

第二天他就在灰白的日头下像个幽灵一样在废墟上转悠，他还碰到了一个五十来岁的乞丐，每一个这时候出现的人都像鬼似的。光棍就问乞丐，想不想发财，不想发财就走，村子里没人能给他什么了，要想发财，跟上他走就是，他保准他发大财，从此丢了打狗棍。乞丐说，你先给我一嘴吃的我再跟你。两个人吃喝了一点，就开始在冯兴堂家的废墟上卖力地劳作起来，实际上只要有诱惑有动力，光棍和乞丐都还是能干的。就这样干干歇歇，歇歇干干挖了三天，挖出一个人来，就是冯兴堂，还活着，他几乎没受什么伤，看来是他闻声往外跑，刚到窑门这里，门脸子就塌下来，把他拦在里面了，他的窑洞又是结构复杂，当然是不好出来了，他就是呼吸不足受了些影响，缓了片刻就活了过来，而且他状态还行，身边不远处吃剩的馍馍和水壶都在说明着他的饮食是没有耽搁。冯兴堂道着谢。光棍也和他说着客气话，夸说他的命大，逃过了这么大的难。冯兴堂说，不是你们搭救，逃不过啊。但光棍忽然就变了脸，说，费这么大力气，把人救了，该说个报偿的话吧。如此倒好。冯兴堂说，你不说我也要答谢你们呢，咱们先出去说话吧，这里头说啥话嘛。光棍说，就在这说，说好了再出去。显然已经不是乡里乡亲的意思了。冯兴堂说，我的羊大概还剩下几个着呢，剩下的都是你们的行不行？光棍说，不要羊，羊还要人操心呢，要钱。冯兴堂说，我都是羊，没个钱嘛。又说自己窑洞里的粮食光棍能挖出来多少就是多少，挖出来的都是他们的。光棍说，你把我们当你的长工了，不给钱还要给你挖粮食？我们吃多了吗？他一口咬定别的不要，就要钱。乞丐事外人一样看着，有时候帮着光棍点两下头，表示光棍说的也就是自己要说的。

冯兴堂回头向着黑乎乎的窑洞里看了一眼，就像出事的火车有些车厢毁损不严重一样，这段窑洞几乎完好着，可以看到很深，一直可以看到拐角那里去。冯兴堂说，钱是有几个，就是不好取。光棍一听有钱高兴了，说，钱嘛有个啥不好取的，你说了我去取。就怕再震一下把咱们都打在里面，冯兴堂说。光棍说，赶紧赶紧，先取出来再说。冯兴堂又向着窑深处看了看，没奈何向那里。两个人在后面鬼影一样跟着。到拐角那里，有一个类似磨盘那样的机关。冯兴堂说，钱就在这下面，下面靠墙有几个腌菜的罐子，钱就在罐子里，一共四罐钱，拿出来一罐作为答谢救命钱。光棍说，你也太抠了吧，给你留下一罐都不错了，我两罐半，你半罐，他说着指了一下乞丐，使乞丐的脸在窑洞深处也能看得出他应有的激动。光棍先是让乞丐下去，乞丐刚要下时，他又揪着他的后领把他拉过一边，自己下去了，隐隐约约看见他踩着一个一个脚窝下去了，看来地窖还比较深，这时候就见冯兴堂缓缓地把手里提着的磨盘系轻轻放下去，直到磨盘完全盖住地面，听到下面发出极度惊恐的声音。冯兴堂不知从哪里弄出了一把长枪，已在手里捏着，向着乞丐神秘地笑着了。乞丐的五官都变了形，几乎要给冯兴堂跪下来，他双手在前面胡乱划拉了一下，像是要摸摸地皮在哪里，接着像断了翅膀的蝙蝠似的，扯转身从窑洞里跑出去了。冯兴堂没有开枪。他拿着枪走出窑洞，在窑洞门口，他用手遮了一遮阳光，然后想起了什么似的，又回到窑洞里去了。他走到窑洞拐角那里，又想了想，就弯下腰，把磨盘稍稍地倾斜一下，使它和平地之间形成一个角度，从而露出一个有着暗光的缝隙来。

2019.8.26

养蜂人

这个村子的名字就不说了，有些偏远，在县城的东南方向，算是在大震中破坏最剧烈的区域。

村里有一个养蜂人，就叫他小 D 吧，他外出养蜂时，带着他的弟弟小 E。

小 D 是一个不大安分的人，所谓不安分，就是不好好种地，成天想着挣轻省钱，比如他就当过银匠、锁匠，养过羊、兔子等，后来又养土蜂，这一来好像把自己喜欢干的事情找到了，养蜂已经有好几年，没有大的收益，自己和亲戚吃蜂蜜是没问题的，冬天的时候，就着馍馍吃蜂蜜，结块的蜂蜜也可以像馍馍那样拿在手里，一嘴馍馍一嘴蜂蜜，这样的日子也没有几家过得了。只是养蜂要逐花而居，常常要离开村子在花多的地方，这样家里的农活就交给老父亲了，老父亲带着一家老小耕播收割等，还有出粪上粪，等等，都得老父亲带着一家人来干。因为他能成桶地拿回蜂蜜来，能拿回蜂蜜换来的钱还有各种常用物，家里是辛苦一些，也没有人讲什么。原本出门养蜂，他想带着媳妇的，年轻人，带着媳妇做饭方便不说，也还有个年轻人的事干，两口子在一起也更方便一些是不是。但怕人说话，说那谁谁谁，把老婆领上看花采蜜，图心闲去了，叫个老大大老妈妈在地里给他刨食着呢，人言可畏，就把第一计划取消，把小弟弟小 E 带上了，这样果然里里外外没有什么话讲。小 E 也是十五六岁的大娃娃了，有时候看着一个放羊的女子，看着一个铲草的女子，也会拿着蜂片呆呆望上半天，把手里的蜂片忘了那样。要是有个女娃娃来买蜂蜜，或者是拿什么来换蜂蜜，小 E 躲着小 D，恨不得白给一些才好。小 D 阴着脸说，你问人家给你当媳妇吗？要给你当媳妇你白给蜂蜜我没意见。再来女娃娃买蜂蜜或者换蜂蜜时，小 E 为了避嫌，就推给小 D 去卖，小 D 毕竟是有媳妇的人，而且他还要想着过日子，不管谁来，也只是卖他的蜂蜜而已。

说话到了冬天，蜜源是没有了，还要考虑到蜜蜂的过冬，远处去不了，南方温暖去不了，就往本县的南端走，有个叫小南川的地方，日照时间相对长，晴天多，也相对干燥，就本县范围内来说，是适合蜜蜂越冬的地方，就搬去那里了。蜂箱下衬了一层谷草，蜂箱上裹了草帘子，隔上一月半月，天气晴好的时候，把蜜蜂放出来外面飞飞，排泄一番，等黄昏要降温时，再把蜜蜂召回蜂箱里去。一个蜂箱大概能容一万只蜜蜂，每只蜜蜂都会认得自己的蜂箱，不会走岔了，即使是同出采蜜的蜜蜂，回来时也是各回各箱，要是不慎走岔了，入错蜂箱，那会是很危险的，会让专事守卫的蜜蜂咬死吃掉。冬天没有蜜源的时候，给蜜蜂喂以白糖水，相当于我们的代食品方便面之类吧，以保证蜜蜂最低限度地维持生命，以待来春。这时候的蜜蜂基本处于休眠状态，自动结成一大团，然后自行滚动，由里而外，由外而里，轮换取暖，食物也是不劳远取，相互传递，细细看了蜜蜂的越冬过程，不得不对这种寿命不过三个月的小生命生出特别的敬意来。

养蜂人的生活听来是很浪漫的，实际有多清苦，也只有他们自己知道了。

地震那天午后，小南川的天气格外好，一些枣树、杏树竟然像绝经的女人忽然春心萌动，又犹犹豫豫羞羞答答地开出花来，毕竟和花期时的花不一样，这些花像花的一种赝品，而且不大闻得到花香，但毕竟不是开花的时节，却是实实在在真真确确地开出来了。到跟前看看，并非眼花形成的错觉，拿手摸摸，是花瓣的感觉。蜜蜂早得了信息一样飞出来了，像恋人久别重逢那样喜不自禁。看蜜蜂的样子，它们一定以为，春天确实是来了。阳光和煦，开着花瓣的树投影浓重，人心也为之一豁然，目光不由得就看到远处的山头上去了。

但远处的河里结冰还没有化掉，小 E 砸开冰层，取水来洗着毛巾衣服。小 D 把蜂箱里的死蜂子清理出来，蜂子一死就干了，不只翅膀容易干裂，身子也干瘦了，不易察觉的风也吹得它们动。小 D 把那些死了的干蜂子扫拢了一把火烧掉，听它们发出烧干草那样的声音。还不待太阳落，外出采蜜的蜂子就被收回蜂箱了。天地间忽然阴沉了一下，使那些开花的树像是被一重云影缓缓掠过。养蜂的兄弟俩并没有注意到这一层，或者说并没有因此觉到什么异样。他们蹲在帐篷前吃了饭，然后小 E 在帐篷里洗锅，小 D 在一棵树下面撒尿时，地就猛地一下把小 D 抛起来，使他差点撞在吱吱嘎嘎挣扎着的树上。帐篷像个雨伞那样被轻易地掀翻到一边，在一道耀眼的白光里，看到小 E 像是被雷击中了那样黑黑的一个身影……

长话短说，兄弟俩存活了下来。蜜蜂不知逃到哪里去了，蜂箱里空空的。余下的几只蜂子在诡异的空间里飞来飞去，像是没赶上机会被落下了似的。花瓣被震落了一地，看起来像死虫子的残翅那样。

顾不上管那么多了。

兄弟俩踏着一路废墟赶回家里。家没有了。村子不见了。村子看起来像被巨大的犁反复犁耕过那样。一只狗在不远处看着他们，像是忽然出现的活物给了它很大的惊讶。他们在自家的废墟上刨挖起来。挖累了就地一躺就是休息了，睡着睡不着都是那么回事。睡着了也像没睡着，满脑子的事情，满脑子嗡嗡嗡嗡的声音，说是蜜蜂的声音也可以，说是地震的声音也可以。大睁着眼睛看着灰乎乎的天空也像是睡着了，像是被谁抬着晃晃悠悠晃晃悠悠往哪里去，不知道往哪里去，不关心往哪里去。就这样一直挖了三天，到第三天下午，挖出结果来了，没有一个活的，这是原本就不存指望的，但是还挖出了一个想也想不到的情景，还是一下子说出来吧，就是老父亲和小 D 的媳妇睡在一起，两个人就像两口子那样睡着，被打得不成个样子了。

虽然是在这样意识木呆的时候，兄弟俩还是被狠狠地吓了一跳。土里面七八条和土差不多样子的尸体，像是在土里埋着的这两天已经差不多变成土了。

小 E 取着妈妈眼里鼻孔里的土哭起来。

你号啥号？小 D 忽然对着弟弟大吼了一声。

接着他也蹲下身子，背对着老父亲和媳妇，埋着头哭起来。他的哭没有声音，只能从抖动的肩膀上看得出，这个人是在哭，是在往自己的心里哭，是在把心里的事艰难地往出哭。

狗不知哪里去了，它刚才在过的地方显出一种巨大的失落来，像是一个极其重要的存在好不容易出现又无端消失了似的。

老婆说，奶奶在世的时候，曾经多次给她们姊妹说过大地震的事，说过大地震后，被忽然揭露的秘密和丑事，类似小 D 父亲和媳妇的，也不在少数。

冷峻的上苍啊，看他们已经还原为土的样子，就请求着你的谅宥吧。

2019.9.8

舍　木

这事情发生在红羊乡一个叫羊凸的小村庄。

村里也就十来户人，山大沟深，住得零散。

一户姓冯的人家不久前才给大儿子娶了媳妇，家里的喜气还未尽散去。新媳妇有个小叔子，叫舍木；新媳妇有个弟弟，也叫舍木。两个舍木年岁也差不多。叫舍木的小叔子在寺里念经。新媳妇的村子里还没有清真寺，于是就说道了一下，就把她的弟弟舍木也叫来在这边念经。两个舍木白天念经，晚上也睡在一起，睡在一个搁粮食和农具的窑里，所以两个舍木很快就成了好朋友。

阿訇是一个眼神不大好的人，戴着一副石头镜。石头镜在他窄瘦的脸上是有些大了，但是倒显出一种他被武装了的样子，使他因此显得威严。他的眼睛在茶色的镜片后面有所预谋地动着，看起来就像浑水下面的一种动静。念经的娃娃有七八个，多的时候十来个，不超过十五个。有几个是阿訇自己带来的。娃们在阿訇屋外的墙根里蹲一排，或拿着小本子，或拿着牛羊的胛板子，呜呜哇哇摇头晃脑地念，自觉念得差不多了，就去找阿訇念，阿訇说念得好，这个就过了，若是不中阿訇的意，磕磕绊绊念不下去，或者是偷瞄着阿訇把手指头往嘴里塞，阿訇就说，念下这么个跑来干啥，手伸开。阿訇叫把手伸开他好打板子，说着就把身边的一把木尺拿起来，先瞄准一下手的位置，啪一声打下去，那是很疼的。要打三下。打完了三下，阿訇看一下手还在前面没有撤回去，表示满意，说，去，念会再来，没念会不要来，不要白白地挨板子。娃们有时候下面念得熟熟的，到阿訇跟前，因为阿訇要打板子，一紧张，就嘴里乱说了。两个舍木当然都挨过阿訇的板子。但客居的舍木挨板子相对要少一些，阿訇定睛一看，是这个舍木，不是那个舍木，就说，要是那个舍木，我今儿就把他打美，你一个亲戚娃，少打一下吧。果然就少打了，用力也要轻些。作为对阿訇的回报，这个来浪亲戚的舍木念经就更刻苦一些。不知是出于嫉妒还是别的什么原因，那一个舍木偏就不好好念经，一个牛胛板子（阿訇把经文写在牛羊的胛板上让学念，这样的念经称为调胛板），调了几个月还没调会。不好好念经不说，还捣乱，和别人换胛板子，不换就夺，这样，阿訇的板子当然不是吃素的，打得舍木脸上清眼泪淌着。

阿訇算是把这个舍木盯上了。一次阿訇下炕来穿鞋，觉得鞋里面不对劲，原来谁在他鞋里面搁了一只死老鼠，血丝糊拉的，这使得阿訇就要洗大净了，这是很麻烦的。阿訇把捣蛋的舍木叫到跟前，错着牙齿，把舍木打了好多下还不收手，原本阿訇打板子数着数的，现在他不数数了，另一个舍木就站到跟前说阿訇老人家你打我吧，剩下的板子你打我，阿訇问，是你干的吗？说不是我干的。不是你干的我打你干啥？那个捣蛋的舍木这时候也趁机哭出来了，说也不是他干的，老鼠是他打死的，鞋里面谁放了他不知道。阿訇说，就算不是你放的，你把老鼠弄成那个样子，我打你也不亏。还有一次，村里谁抓来鸡让阿訇宰，阿訇一宰，觉得不对，宰不上力量，原来是谁把快刀子换成了钝刀子，于是包括捣蛋的舍木在内，三个人都站在了阿訇跟前，阿訇认定是三个人里面的一个所为，或者就是串通了干的，一顿好打，阿訇说，鸡也是个命，也疼呢，快刀子不觉来就宰了，老刀子你让我往啥时间宰呢？

总而言之，这个阿訇虽然喜欢打板子，但他也受了娃娃们的不少气，听说他以眼睛不好为由想辞谢不干了，但大家都觉得他的知识是可信赖的，他的教法是可取的，就这样一天一天也就碌碌地过去了。

到打场的时间，寺里给打场人家的娃娃放了假。这样，两个舍木就帮家里打场了。

家里的豆子种了有三十亩，已经打过两场了，地震那天，又铺开了一场。牛和驴套成一对，拉了个磙子满场吱扭扭吱扭扭碾，把厚厚的豆草碾薄了，家里人就来起场，新媳妇两个舍木都在起场的人里。远远看去，大家像跳着一个古老的被放慢了镜头的舞蹈。一切顺利，风也不错，到日头落山之际，草是草豆子是豆子已经分出来了。草扫拢成一堆，豆子装成几袋子立在一边，像吃鼓了肚子的人抚着肚皮惬意地站着。今天的活计干完了，明后两天还有两场。草暂时留在场上，豆子被新女婿新媳妇背回去了。家里的老人把打谷场扫干净也回去了。两个舍木就在这扫得干干净净的场上玩。一会儿像变魔术那样又多出几个孩子来。没什么玩具可言，但大家玩得很开心，比如把豆秸秆在地上摆作性器的样子等等，娃们有时候在一起是很躁动的。

场上有了夜影，像是有清冽的水要渗出来。一钩弯月像是来得早了些，还没有领到任务那样挂在山尖上。西边的一抹天际，如同着火了似的，那种熊熊燃烧的样子，像是有人不断地向里面投入着浸了油的干柴。

娃们都没觉得，其实他们的脸，他们的身影都被映红了。

就在这时候，隐隐听到喊吃饭的声音。

快走，嫂子喊着吃饭呢。

一个舍木说。

走！

两个舍木扔下场上玩闹的娃娃，风卷着那样跑过墙角去了。

西边的余晖映着他们，使他们像跑在火里。

两个人像是在比赛，看谁跑得更快。

当然是一贯捣蛋的舍木跑得快，他跑进街门的时候还回头看了一下。但是浪亲戚的舍木也紧随其后。跑进院子，忽然一只公羊举着弯角像从刀下逃脱那样逃出来，跑在前面的舍木灵巧地一躲就躲开了，后面的舍木被公羊撞个正着，就在他倒下的一瞬，恍惚看见那个舍木刚跨过门槛，黑洞洞的窑门上面的窑脸就像一把铡刀那样，猛地砸下来，像是正等着这娃娃的进门，而且等了很久，等不及了的样子。

公羊不知哪里去了，街门带着两边的门墙倒向外面。在各种各样咬牙切齿吞吞吐吐的声音里，在纷纷溅起的呛人的土浪里，这一个舍木看见出来的几颗星星像受惊的鸟儿那样，在不祥的天上乱飞着。

2019.9.6.

牛　蛋

牛蛋是沙沟河人。沙沟河是个大村，有二百多户人。牛蛋在村里揽了一群羊放着，一月能给他大挣回一块多钱。这已经不得了了，当时在段祺瑞家里帮工的月工资才是一块钱。当然有些没钱的人家，也可以拿粮食、洋芋，甚至羊毛等等充为给牛蛋的工钱。牛蛋只管放羊，只管记好出来多少羊回去还是多少羊，工钱的事有他大商量，用不着他操心。每个村子都有个富户的，沙沟河的富户叫马良义，他给他的三个孙子请了个老师，让牛蛋也去跟上学，不收学费，还可以管一顿饭，就是午饭，哪里有这样的好事？但是牛蛋大搬起手指头一算账，就还是让牛蛋放羊。牛蛋也觉得放羊好。他从八岁给人放羊，一晃也三四年了。一大群羊豆子一样撒开在草滩里，远远看去，就像是一些白石头。草多，羊埋头吃草，半天不动一动。有些吃饱了的羊就随便一卧休息着。牛蛋躺在一个高处，翘起二郎腿，脚趾缝里夹了鞭杆一晃一晃，看天上的云一会儿这么个样子，一会儿那么个样子。看忽然来一阵风，吹得身边的草束紧着身子，装作害怕的样子，但很快那风就始乱终弃似的不见了。有时候看着一个人或几个人从前面的草滩里那条若隐若现的小路上走过，牛蛋的目光会跟着他们走很远，用不着专注，而是很散漫的眼光看着他们一步一步走远，直到看不见。牛蛋觉得人在辽阔的草滩里走起来真是太慢了，好像在原地踏步那样，然而也是不觉间就走得看不见了。要是有公羊干好事或者公羊打架，牛蛋就会从山坡上坐起来，显出很有兴味的样子，嘴里吆喝着给助力。他给用来助力的话是很粗俗的，要是再有一个人就喊不出口，但是这里很少有第二个人的。羊们也吃牛蛋这一套，牛蛋一喊叫，就像得到啦啦队的加油一样，羊们展现出奋不顾身的样子。

早晨或黄昏之际赶着一大群羊出进村子，牛蛋觉得真是满足得很。

地震那天下午，牛蛋让羊散开在草滩里吃草，他在一段不知什么时候的老城墙上踢着土坷垃走来走去，此前他干过一件让他耳热心跳的事，不想不行，想起来心里就胡乱闹腾。就是一个公羊刚刚从一个母羊身上下来，那母羊摇一摇尾巴，把浑身的毛抖几抖就若无其事地融入了羊群。牛蛋动了心思，他盯着那母羊，在羊群里将它逮住，然后掀起来它的尾巴看着，看它那里究竟怎么回事，这一看时，头就一下子大起来，就像谁在一下一下给他的头打气一样，母羊却趁着他的一时恍惚，猛地跑出去了，把牛蛋带倒在地。我把你个婊子，牛蛋这样骂了一句，就有些怏怏地走回老城墙上去。他觉得自己的腿软软的，总之是有些乏，鼻子里有一种经久不息的味道，又难闻又使人想把它使劲闻闻。他往羊群里望了一眼，是哪个母羊已经看不出来了。

老城墙上有无数的黄鼠洞，不知道里面有没有黄鼠，看起来都是破家烂窑的样子。牛蛋把鞭杆伸进一个黄鼠洞里去，想撬起来，一撬就撬下半块来，像撬开了羊的牙碴骨。这样的游戏意思不大的。远远的地方是一个村子，看起来像是睡着了那样，村子边上有一个果园，远远看去，那些果树好像在开花，开得一片耀眼的白，和边上的村子形成强烈的反差，看起来感觉很异样。牛蛋也只是看看就罢了。他不会想到快到正月腊月的时令，树是不应该开花的。当时这一带逆时开花的树很多，一边满树的果子并没成熟，一边开过花的树又心血来潮，开得繁华满树，都还以为这是一个好兆头呢。

牛蛋就是这时候听到驼铃声的。

循着一连串驼铃声，牛蛋看到一长串骆驼从那边的山口里走了出来，因为经常数羊，牛蛋在数数方面是有经验的，牛蛋数了数，一共三十五峰骆驼，五个一链子，数下来七链子骆驼，比他的羊是少多了，但比他的羊阵势可是大多了。算下来大概是一链子骆驼跟一个人，七八个人的样子，还有两个人骑在骆驼上，看起来是一个娃娃和一个年轻女人，那女人穿着红衣裳很显眼。骆驼都驮得满满的重重的，不知都驮着什么。看上去重得要掉下来了，压得骆驼的腿好像都短了。驼铃声在草滩里荡开，像是能形成一些清冽冽的水纹，一环一环不停地荡开着。牛蛋觉得自己的耳朵好像被谁轻轻地晃动着那样，觉得自己的耳朵也是两个铃铛。他把一些羊粪蛋儿用线穿在一起，在脖子里念珠那样戴着，一个一个羊粪蛋儿被他摩挲得油亮。骆驼上的娃娃看来是要方便，这一链骆驼就停下来，让后面的骆驼先行。一个人把娃从骆驼上接下来，那娃看来是要巴屎，走得远一些才蹲下来。他再一次上了骆驼时，前面的驼队已经走出一小段了，使驼队之间有了一个明显的间隔。那娃上骆驼时可能动了一下哪里，只见一件什么东西从驼身上掉下来，牛蛋看见了，想喊，没有喊出声。牛蛋想等他们走远了自己跑过去看看，看掉下来的究竟是什么东西，但就像掉下来的东西自己喊了一声那样，就见赶骆驼的人忽然一回头，就跑过来把掉在地上的东西捡去了。牛蛋用手指指着他骂了一句。

就在这时候，好像一点兆头都没有那样，好像平地起浪那样，忽然间草滩里就起了风。羊身上的毛像草一样乱颤着。羊像听到了什么声音似的一律看向一个方向。一尺多厚的黄风强劲地吹掠过古老的城墙，刮得牛蛋立站不稳。这时候忽然听到远处传来一阵惊呼声，像冰层折裂或锐器撞击那样。在一股又一股狼奔豖突一样的黄风土雾里，牛蛋惊恐地看到远处的草滩像巨兽那样张开大嘴，而驼队像送到嘴边的食物那样被一下子就吃得不见了，接下来看见那嘴还贪婪地开合着，但是没有什么可吃的东西了，最后的那链子骆驼就在离裂口几步远的地方，愣愣地站着，那大嘴好像还没有吃饱，还在努力着，要把它也吃下去。

牛蛋看着这远处的一幕，忘记了关顾他的羊群，忘记了他这里也在地震，忘记了他已被震趴在地上，趴在这古老得好像没有岁月的城墙上。还是老城墙结实，像一个上好的老棺木一样，尽管摇晃，不裂开来。

2019.8.27

芦子沟

在海原县小山村以东，有个叫芦子沟的小村庄。

我不曾去过这村子，但是这村子的名字却是很小的时候我就知道的。母亲说，她小的时候，我们这一带土匪多，好好的一个人，忽然就成了土匪。你的亲戚邻居，看着人模人样的，可能突然间就成了土匪，在这边知礼守节，背过熟人，就开始做贼剜洞。外爷带着一家逃土匪，就逃到固原的王家洼去了，后来又辗转来到芦子沟。当时地震过后快三十年了，芦子沟还有不少地方是废墟的样子。芦子沟原住民很少，多是逃难的，有回民有汉民。母亲说，他们和一家汉民住在同一个院子里，那家人很仁义，她和大姨去那家玩，人家的饭熟了，也给她和大姨盛一小碗让吃。外奶奶当面表示客气，过后狠揪母亲和大姨的耳垂脸蛋，让她们明白饭是不能乱吃的。母亲说，她还记得那个汉民家的女人，脚看起来就像个清油灯盏，太小了，好像给缠裹得只剩了脚后跟。门槛很低，但是她出门进门的时候，都是很小心的样子，要把两边的门框扶一扶。他们的口音很怪的，不知道是哪里人。人是很好的，那汉民女人央求外奶奶给她的丈夫做了一双布鞋，给的鞋面鞋底等等材料足够，可以让外奶奶同时给外爷也做一双鞋。

这一家人母亲几乎说了一辈子，童年印象太深的缘故吧。

后来外爷一家还是离开了芦子沟，回到了我们村子，那时候外爷的哥哥当土匪已经被打死了，据说是头也让割掉了，老婆也让关桥堡人抢去了，这些事情我都写过，不再说吧。母亲说，外爷挑着一副担子，外奶奶背着一个比身子小不了多少的包裹，离开芦子沟往回走。外爷的担子是这样的，前面的担子里装着粮食、锅碗瓢盆等等，后面的担子里挑着母亲和大姨。外爷外奶奶前后一共生了十五个娃娃，那时候还只有母亲和大姨。外奶奶十四岁生下第一个娃娃，就是母亲的哥哥，让几只公鸡吃了，具体过程我曾在我的小说《底片》里写过，兹不再言。等外奶奶生下小舅舅时，老人家已经快五十岁了。可以说生了大半辈子娃娃。下了大雪，外奶奶穿着一双牛皮做的靴子，早穿得变形了，鞋底很容易掉，用绳子绑紧着。挑着走了老半天，外爷把担子换肩膀时忽然觉得不对劲，一看，后面的担子里只有大姨，母亲不知哪里去了。赶紧沿着脚印回头去找，幸好下了大雪，远远地看到母亲在雪地上，像谁扔掉的一个旧枕头，嘴唇都冻紫了。外爷外奶奶惊出一身汗来，那时候雪地上已经落了夜蓝，要是母亲哭出声引来狼群，就不可想象。母亲常说，我要是叫狼吃了，就没有你了。我觉得没有我倒并非是坏事情。生命像风里的灯一样毫无把握。母亲说外爷把她和大姨从芦子沟挑回来，两个肩膀上反复出来的脓血都让担子一次次压出来变干结痂了。外奶奶的一只靴底子也终于没有了，把一块旧毡子捆在脚下面当鞋底。

母亲一家在芦子沟待了不过几个月时间，但是听起来好像母亲的大部分童年都是在那儿过的。那时候去大地震时间还不算太久远，会说到听到关于大地震的一些故事，母亲就说到一对母子，娘儿俩原本就在芦子沟的。

说是芦子沟有一个姓田的寡妇，年纪轻轻就成了寡妇，有一个七八岁的儿子。这娃身体不好，有痨病，得了个偏方说，要多吃麻雀。实际这寡妇的身体也不是太好，她的办法是喝男童的尿尿，有娃娃来家里耍，或者是经过门前，她都会央求着给她尿点让她喝，当然很多时候她都是喝儿子的尿尿。儿子的尿尿有些黄浊不清亮，但是找好尿尿要犯难，那就还不如喝儿子的尿尿，毕竟是男娃的尿尿这一点没有问题。既然偏方说麻雀能治儿子的病，寡妇就把麻雀盯上了，把筛子支起来，下面搁点谷子、糜子诱引麻雀，这一招麻雀见多了，不很上当。于是她就趁夜里去掏麻雀窝，都说麻雀窝里有长虫的，好在她没有碰到过。麻雀好像把这个寡妇认下了，在她的窗棂上拉了很多屎。她照偏方说的，把麻雀烤焦了让儿子吃。为了哄儿子吃焦麻雀，她把儿子的小脑袋摸来摸去摸来摸去不知摸了多少下。儿子吃焦麻雀把嘴都吃黑了。后来麻雀挪窝了，麻雀也不飞落她家的院子了。麻雀从她家飞过的时候，总是高过窑顶，惊叫着，像逃脱包围圈似的。她不容易逮到麻雀了。她就买，拿东西换，给别人家的牛羊铲草，换，草给你，你有麻雀给我；别人家打院墙，她去顶一个人，上土，把那家的娃娃腾出来去抓麻雀。要是有哪个娃娃送麻雀上门，她就给那娃炒豆子吃，烙洋芋丝馍馍给那娃吃，总之为了获得麻雀，她是不想的办法都想了。她看着空中飞过的麻雀恨不得用眼神把它勾下来。她的眼睛里全是麻雀的影子。

但是后来，忽然地，好像时来运转了，好像麻雀受了什么天命一样给她容易捉到了。不只麻雀，连野鸽子也乱飞，撞到墙上，甚至撞到人身上。看到有人把落在地上的野鸽子猛地向着天空一抛，野鸽子借势就飞走了，但是看起来它就像被蒙了眼睛飞着。麻雀就更是这样，没有单个飞的，都是一小群一小群地飞着，而且飞不动，就像它们的羽毛受潮了似的，就像它们的羽毛干燥了似的，就像它们的羽毛忽然间青黄不接使不上力了似的，看着是在飞，看着是在扑扇翅膀，而且翅膀扑扇得很快，简直让人眼花缭乱，但是下面好像有着巨大的吸力，使它们飞不上去，也不能飞远，只是在原处拼命地振翅而已。忽然就心死力竭了那样，收束翅翼，土块那样掉下来，得了伤寒病似的委顿着。娃们的好机会到了，口袋里塞满了麻雀往寡妇家跑。偶尔一天天气会很热，天空也是夏天的样子，娃们热得脱下棉袄来，有的就包了一棉袄麻雀去找寡妇。寡妇把麻雀搁在木桶里，然后吊到水窖里去，水窖里的水也突然冒涨上来，木桶刚刚垂下窖口，窖水就浮涨到可以舔着桶底，水光在木桶上摇晃了。

这都是怎么了？

寡妇感到一种神秘的喜悦与宽慰，看来造化也可怜他们母子，把好事情都送到嘴边边了。神秘的信息让寡妇既欣悦又紧张，晚上儿子早就睡了，她还要在炕角的深暗里垂首敛息跪上很久。

哪里知道原来是一场大地震要来个天塌地朽。

2019.9.16

太阳黑子

我们初中的历史老师叫杨聚来。杨老师在多个方面给我们留下了深刻印象，比如他打篮球，比如他的没脾气，还有他上课时总是看着头顶的某个地方，很少看学生，等等。

杨老师的个头一米七几不足一米八，这个头在学校里是可以打篮球的。学校里会有文科组和理科组的篮球比赛。杨老师的带球过人会是一个看点，他的办法大致是形左实右或竟穿裆而过，往往在他已经过了对方时对方还做着拼力防守的姿势，所以这个看点是由两部分组成的，既要看杨老师的带球过人，同时要看防守者的对空用力，看点的重心说来倒是在防守人，然而都知道该防守人的杂乱动作和夸张表情都是由杨老师而来。这样的时候甚至会有喝彩和掌声，表示着对杨老师的欣赏和对防守人的揶揄。防守人是很沮丧的，像被无端戏弄了那样。但很少看到杨老师的因此得意。杨老师是很少得意的，他总有些置身事外的本事，好像鼓掌喝彩都是针对着别人的。有时候那被戏耍了的人会恼羞成怒，借机报复，比如无球跑动的时候忽然突出肩膀来，撞一下，杨老师会被撞得一个趔趄甚至会倒在地上，杨老师总体来看打球还是借巧劲多，他的身体还是显单薄的，忽然地被撞翻在地，这是很容易让人冒火的，但杨老师双手地上一撑起来，没事一样继续打球。这样的本事确乎不是一般人具备的。

杨老师大概是我所经历的老师中最没有脾气的人，我们上初中的时候，老师们的脾气好像都是不小的，连女老师也忽然走下讲台来敲你的桌角，我就被一个女老师多次请出教室，在教室门口站了，被来往的人看着，长了一身刺一样难受。还有一个很帅的老师，他刚刚走进教室的时候，不知为什么，就忽然上来脾气，不能遏制，就把教室门边坐着的一个学生叫出来给了几个耳光，据说是那学生在起立的同时给他做了个鬼脸。事后那学生哭着说，不知道啊，不知道为啥打我呀。有时候老师需要立威，就像曹操的睁眼杀人那样，会有些莫须有的惩罚的。但是，如果说初中三年，高中又三年，哪个老师既没有打过人，连骂人也几乎没有？唯一的人选就是杨聚来老师了。杨老师代历史课，初中的时候，历史是副课，都不很重视的，有一个个头高、头发长的学生（他后来固原电大毕业后也当了历史老师）竟然一次历史作业也没有做过，杨老师就把他的作业本拿上去，当着大家的面一张张翻阅，除了封面上的几个字外，里面白白净净的一个字也没有。都看杨老师在这个事情上生气否？从杨老师的表情看不出来他在生气，于是就有人笑起来了，笑着喊那个作业本的主人，让他站起来，老师已经点到他的名了。长头发没睡醒那样摇摇晃晃站起来，移动了眼珠往两边看，他自己也忍不住有些失笑的样子了。翻完了那旧本子，杨老师把它从手里松开落在教桌上，腾起一些粉笔灰来。这事也就这么过去了。要搁在另一些老师身上，作业本如此空着，长头发可能都会被揪落一些的。

现在回忆杨老师的讲课，会觉得他的备课还是很扎实的。他个头高，下课的时候，往往可以写满一个黑板。记得他把历史事件自己编成了三字经：人之初，性本善；能劳动，是关键；如此等等。即使对杨老师的历史课没有兴趣的人，于杨老师的三字经也可以背得若干，前几天一个同学出嫁女儿，大家去恭贺，席间还说到杨老师，有人当场就背起三字经来，一时恢复到少年时光似的。很多同学都已经当了校长副校长，说到杨老师的晚年，都有些唏嘘，说杨老师退休前数年，没再代课，而是当了保安那样的角色。可惜那时候还不是他的学生当校领导，不然哪里会至于那样。都回忆到杨老师的讲课，不看学生，如何扬起脸来，目光看向屋顶或日光灯等等。一说即宛若眼前。杨老师声音尖亮，又仰面讲课，好像他的声音烟囱里出来的烟那样都向高处去了，和伏在低处交头接耳的我们没有多大关系。有人试过，从后门出去转转，打一会儿秋千，或者上一趟厕所回来，看杨老师发现与否，试了，他来去无碍，不曾丝毫影响到杨老师的讲课。还记得宿舍太小，他和师母在宿舍前的铁炉子上生火炊饭的情景。历历如在昨日，一晃数十年矣。

因写大地震想起杨老师来，禁不住说了这么多闲话。

说说杨老师和大地震。

杨老师当然没赶上大地震，但是他给我们讲了他爷爷大地震中的一桩事。

记得当时学校组织在牌楼山种树，看到一些地震遗迹，说起地震，带我们种树的杨老师就讲了他爷爷的地震往事。

地震时杨老师的爷爷十三岁，带着表弟去固原三营给人当长工下苦。12 月 16 日那天，黑风土雾刮了半天，到下午才慢慢地好起来。兄弟俩给牛圈里除粪，弟弟上粪，哥哥往外背。这么着许多个来回后，背着重背篼的哥哥忽然觉得脚脖子里一凉，一阵冷风搜掠什么一样过去了，正恍惚间，忽然觉得站在转动的磨盘上那样，而且磨盘像被不容商量的大力抽去了，把人猛地掼倒在地，背篼里的粪从领子那里下去了，就看见眼前头的一切不是咕嘟嘟地冒着就是轰隆隆地塌着，不是在咬牙切齿就是在幸灾乐祸，觉得自己就像大簸箕里的粮食被簸着，自己完全不能主张，没法子停下来。远处的一棵大榆树像被捆着腿脚的巨人那样一次次想跳起来，又被强力牵扯着无法跳起来的样子。树冠在呛人的土雾里猛烈地摇晃着动荡着，得着了至为可怕的信息似的。原来有那么多的鸟儿住在树上，看样子是麻雀，想拼命飞离树冠又被强力吸回去的样子。不断地掉着树枝，像树在挣扎搏斗中一些不得不付出的损失。树发疯了就是这样子吧。不敢多看，怕自己在这样的喧哗和动荡中也零散了。闭紧眼睛让簸。就像自己成了谁的个耍头，就像耍来耍去耍不够的样子，不知道最终是死是活，不知道最终会怎么样，不管了，随它了，闭着眼睛让弄得跳蹦子。满世界的动荡和噪声里好像自己和自己隔绝了，无关了。感觉鼻子就像个烟囱在冒烟。牙是要咬紧着，不然会伤了舌头或嘴唇。感觉自己像个夯被人打着。咚咚咚，咚咚咚。感觉很多声音被震得从耳朵里飞出来，不然耳朵会被声音胀坏。感觉别的都是活的，就自己是死的。感觉地就像马车一样在跑动中丢三落四，掉轮折辕。感觉自己和飞不脱的麻雀一样，和掉落着的树枝一样。感觉是什么就是什么。从来没有那样感觉过。从来没有过那样多的感觉。然后，慢慢地，像离开盛宴的乞丐那样，地震过去了，自己被送还回来。眼前已经是另外一个世界。大榆树像个卸套的牲口那样有些失神地站着，被掉落在地的树枝祭奠着告慰着。

过半天这念头才回到地震前，才想起表弟还在牛圈里呢。天黑了，出来的星星像经霜的野花。牛圈也没有了。眼前是被开垦的荒地那样的废墟。偌大的庄子，就剩了百十个人，一个看一个像看另一种动物。两个人出来不能一个人回去。哥哥得找到弟弟才好回去。杨老师说他的爷爷就在牛圈周围刨来刨去舍不得走，喊着表弟的名字。在一个地方刨出来一个红木箱，一本书大小，里头除了女人用的东西，还有三个银圆，就像造化补给他的工钱似的。刨着喊着，刨着喊着，没有影踪。

长话短说，杨老师说他爷爷都准备回去了，在牛圈的位置跪着上了个坟，都准备回去了，忽然就听到些微动静，用一根木棒把土往开里掘，长话短说，命不该绝，杨老师的爷爷把他的表弟终于刨出来了，原来表弟也在里面往外刨着，十个手指头都刨得血丝糊拉的，指甲都刨得没有了。那样的大地震，死是必然，活是运气，每一个死里逃生的人自己都不能讲出逃生的全部。不是每一个把自己指甲刨没的人都可以有死里逃生的机会，后来发现很多这样的事，就是一些人没有在地震时死去，侥幸活着，于是开始自救，比如把自己的指甲都刨得没有了，在窑洞的墙上都留下了多少血印子，但最终还是没能像杨老师爷爷的表弟那样逃出来。

杨老师说，虽然爷爷的表弟活着出来了，但是爷爷和他的表弟毕竟都是娃娃，没有经验，从深埋的土里出来，遇着强光的刺激，没有应有的防范措施，爷爷的表弟让太阳一照，照成了瞎子。再没有好过，当了一辈子瞎子。但瞎子并不影响什么，爷爷的表弟，儿子孙子一大堆，出门走远路，总有个孙子一路伴行。老人把一只手搁在孙子的肩上，步子细碎地走着，一边面带隐约的笑意，支棱着耳朵，听着这世上的一切动静。

2019.9.29

狼脸老汉

据说固原曾是杨家将驻兵的地方，到现在还有叫头营、三营、七营的地方。三营历来是繁华商埠。20世纪90年代的时候，还有把三营改镇设县的说法，以后不知为何，不了了之。但说三营是宁夏最大最繁华的镇子，应该不会有什么异议。还有一个镇子，直接就叫杨郎镇，可见杨氏一门对这块土地的影响。

要说的这个事情就发生在杨郎。说是有一个叫牛得生的人，很会过日子，庄稼行道里无一不能。二十五岁左右。老婆也泼实能干。两口子都在一地主家里帮工。多年累积下来，也从地主手里买来几亩地。他像绣花一样种地，把地像娘老子一样伺候着上敬着。俗话说，人不哄地，地不哄人。一年下来，他的光阴虽然比不上地主，但也是可以让一些人眼热的。有两个儿子一个女子。可以说，一介老百姓到牛得生这个程度局面，也是到某种极致了。人事都是各有其极致。

地震那天，上午刮了一阵黄风，倒是把麦场刮得愈加干净，按当地人的说法，好像上面可以晾饭似的。到午后，风停了。四围的山黄脸婆似的无精打采。牛得生判断一时不会再刮风，就铺开一场麦子，牛拉了石碌子转圈儿碾起来。碾过一阵，老婆孩子就把碾得瓷实的麦子重新挑得蓬松，这样一些麦粒就落在下面了。到黄昏时候，麦子没能碾得干净。就先把碾出来的麦粒拾掇了，装好袋子拿回去。害怕夜里刮风下雪，就把剩下的麦草扫拢成一堆，上面丢些门板柴棒等等压着，准备来日再碾。担心夜里有人伸黑手偷麦子，牛得生就决定自己睡在场上守夜。

吃过饭，他在麦草上又铺了老羊皮，用皮袄把自己裹紧，这样就是冷也冷不到哪里去的。他把牛留在场上给自己做伴，把牛拴在石碌子上。绳子富裕着，使牛可站可卧。牛用尾巴轻轻甩打着自己的臀部。拉下的牛粪很好闻，牛得生忍了几忍没忍住，就抖动着下巴打了一个猛烈的喷嚏。老婆送来一壶茶水又回去了。弯月像描画着的眉毛那样一点点清晰起来。空气里似乎除了新鲜牛粪的味道外再无别的味道。牛得生在老羊皮上坐着，多少已有了一丝睡意。这时候就觉得地深处像是交错着跑过了几群马队，同时看到牛像挨了一火鞭那样从地上跳起来，跟着牛跳起来的还有石碌子，石碌子像个球那样被无形的巨手拍打着，它又一次笨笨地跳起来时就砸到牛的肚子，牛来不及准备那样一下子就被砸倒在地，石碌子也借着这个力，显得轻便地滚到一边去。拴牛的绳子不知什么时候断开了，石碌子上只带着短促的一小截，山羊的尾巴那样。地大海似的恶浪翻滚。牛得生觉得许多古怪的力同时作用在自己身上，自己像被各种力争夺挤压。他大声地念诵着，觉得眼前头是一个迅速变化毁灭着的世界。群山像驮炭的牛群受惊了似的。弯月没有个固定的位置，掉到了浊水里那样飘忽无定。牛得生大声地念诵着，把自己整体地裹紧在老羊皮袄里，像一些小虫子在危急时刻那样。他知道是地震了。然而地震能到这个程度吗？也可能顿亚要临尽了。顿亚临尽的故事听过多少次，没有信过，就当古今听听罢了，哪里知道冬亚真是要毁灭的。一切死物都要活了。一切活的都要死了。多少地震中的人都有了这个感觉。是的，那一刻，死的活了、活的死了。多少人回想起这一刻都说自己是从死路上来的人。在各种摧枯拉朽近乎毁灭的声音里，牛得生情不自禁呼号念诵的声音是微弱的。

但是他活了下来。

世界已变了样子，时间又回到洪荒。人像纸剪的那样轻飘飘的，像被谁忽然一指就化无为有，而且兀兀地动起来。一切都像是出于幻觉，令人生疑，不那么可靠和可以信赖。麦场上出来不少黑森森的裂缝，裂缝里涌出难闻的黑水来，有些水的颜色是稠绿的，像无数绿翅苍蝇死在了里边那样。隔着好几条裂缝看到石碳子像弃物那样滚到了一边。牛好像没什么大伤，但是拖着拴它的绳子死去了，眼睛像蒙尘的玻璃球不再有活力。死去的眼睛和活着的眼睛是不一样的，和瞎了的眼睛也是不一样的。死去的眼睛给人一种隔绝之感，好像丢了钥匙的锁子再也打不开了。死去的牛眼睛好像真的不必要再看什么了，而且它曾经看过的一切都音信全无一笔勾销。牛得生看过死牛的眼睛后就不再吃牛羊等等的眼睛了。他曾经是喜欢吃它们的眼睛的，那是一种特别的味道，和肉味很不一样的。但是在大震后看过死牛的眼睛后，就不能再吃这个东西了。吃上心里会有问题。

房子没了。窑洞没了。剩下来的人用柴棒搭个简易的空间，就住在里面了。有人白天来牛得生的麦草下抓麦子吃，有的人认识，就是村里人，也有不认识的。牛得生不敢过多干涉，这时候的人，离死很近的，什么事都会干出来。牛得生搭了个草棚子住在里面。草棚子很小，也就容得他一人而已，他怕草棚子大了再住进别人来。且先这样住着。余震不断。谁知道什么时候才是头。等住过一段时间再说。老婆孩子都没了。有老婆孩子的日子好像已经是很久以前的事了。老婆孩子像去了别的什么地方，好像就在一条窄窄的土路上走着呢。喊一声吧，喊了一声，老婆孩子都回头看了，但是看不见什么。生死之间恍恍惚惚的。来来去去的。真真假假的。人死如灯灭。活着一口气。牛得生活着，体会了一些很怪诞的感觉。现在死他倒是不怕的了，忽然来一个余震，地颤动着，草棚子也吓得抖，牛得生住在里面，木木的，没事人一样，他觉得把自己也打死才好呢。余震的时候，他觉得自己是坐在一只小船上，随浪而动，觉得在这样咯叭叭的摇晃里他也能睡着的。

一天夜里，他忽然觉得异样，好像有不速之客来到草棚门口，他都听到了粗重的呼吸声，谁呢？半夜里来干什么？他操着一截短棍子探头看，果然门口有个什么黑乎乎的，下雪了，看见隐约的白，他的棍子支在前面的，但是头还没探出去，那黑乎乎的一团就猛地抢上前来，绕开棍子，在他的脸上来了一下，然后就鬼影一样不见了。他觉得脸像被烙铁烙了一下，然后一部分脸就被烙铁带走了。脸好像没有了，只剩下了一种灼烧和剧痛。像是要把他即刻就痛死。他痛得跑出来，抓起雪往痛的地方猛拍。哎呀、痛死了，活活剥皮一样的痛。伤口上撒盐一样的痛。狗日的狼在他脸上咬了一嘴。那么大的牛在麦场上它不吃，它来吃他脸上这点肉。牛得生觉得自己要痛死了。他痛得在雪夜里跑着，想用这种狂跑把痛摆脱开，想用不计方向的胡乱跑动把痛扔掉，但就像他把自己扔了也扔不了这痛。深夜里雪大起来，牛得生在狂奔中重重摔倒在地，他趁机把他痛得无法可想的脸深深地埋进雪里，一边大吼着，那吼声就是狼听了也要吓得远遁。牛得生觉得他把他的脸搁入沸腾着的油锅里了。

从此他有了个名字，狼脸。原本他是在狼那里受害的，却有了这么个和狼不得两分的名字，倒好像他和狼是一伙的，倒好像他身上从此有了狼的成分。这真是没什么公道可言。类似这样，受害者不得同情，反遭诬陷和连带的事，实在也是所在多有。然而也是有始料不及的好处的，比如后来马鸿逵征兵，他一张狼脸是容易逃开的，而且因为当兵的人太多，他还因此娶到了一个老婆，又陆续生了几个娃娃给他。新中国成立以后，他在划成分时又凭着一张不成样子的脸获得了很好的成分。这都是难以预料的。他后来成了队里的饲养员。和牲口打交道，他这张脸是不存在什么问题的。

20 世纪六七十年代的时候，西海固一带狼还是不少的，一个早晨，村里闹哄哄的，原来狼来偷吃羊，被基干民兵打死了几匹。羊圈离饲养院不远，牛得生也挤在人伙里看热闹。这时候就有个嘴长的人说，看，把你的儿男子孙打死了。那时候牛得生都快七十岁了，身体还硬朗，他一时没能控制住，竟一下揽过那人的头来，把他的脸一嘴咬住，要不是旁边的人及时拉劝，咬下一块肉来也未可知。这样一来，狼脸老汉就更加地名实相符了，甚至有人把他的儿子女子都叫作狼儿子狼女子，可以说，一家人为此都背上了沉重的阴影。但是不久却有坐小车的公家人来，恭敬地找到狼脸老汉让他讲什么，还给他带着礼物，饼干黑糖什么的，这真是不得了，那年月，村里吃过饼干的数不出来几个。

从狼脸老汉数十年的经历看，岁月沉浮，光阴流转，坏事里面，多少也包含着一些好事的。整理相关文献的时候，会发现牛得生，也就是狼脸老汉，老人已经和海原大地震捆绑在一起，成了一个历史人物。

2019.9.29

山走了

李俊乡二百户村村民李百舍，趁着从四处游浮出来的夜影，来到村前小路上的一排老榆树下面，准备找个合适的榆树把自己吊死。

不长的一截绳子，在手里沉甸甸的。

李百舍觉得自己是不好再活下去了。

李百舍的身高比一只羊大不了多少，应该说，好不容易找了个媳妇，媳妇还是个大个子，身体也好，不过是个兔唇而已。李百舍觉得兔唇一类完全不是一个问题，只要生下的娃娃不再是那么个嘴就可以了，果然生下的两个娃娃都好着。小家庭没问题，问题在大家庭。人弱了自己的弟兄都欺负，连娘老子也跟上欺负。前几年家里分家，老父亲做主把家里的地分给他们弟兄三人，山高皇帝远，地倒是有着几十亩。名字都叫个地，但地和地是很不一样的，首先有个路远近的问题，有个好走不好走的问题，像梁背后那几亩地，种上点庄稼，你要一件子一件子先从沟底里背上来。还有就是平地还是坡地的问题，三亩坡地不及一亩平地，坡地不好犁不说，还存不住雨水，一下雨，一点好土都随水跑掉了。梁背后那十来亩地，就算是各个不利因素占全了，不好走，远，还包包蛋蛋的，还让别人的地分开成几绺子。别家在梁背后的地，没有谁用来种庄稼的，都是种苜蓿或者草谷子，喂牲口用。

长话短说，家里老父亲做主，就把梁背后的地分给了李百舍，老父亲的意思是，他们两个老人在老三跟前，肯定是要分点好地，不能让他们两个老老的还跑着隔山架岭去种地。可是还有老三啊，还有老三两口子啊，他们都年轻轻的也跑不动？他们也老老的了吗？李百舍听到自己心里这样拼命说着，嘴里却是说不出来。给老人分点好地，这没什么可讲，老人和老三两口子一起生活，现在不说弟弟弟媳妇的年轻，单说老人的老，你也没办法反驳。实际上也不能反驳。接下来轮到老大说话，老大说，他要哪搭的地，再分别处的地他就不参与了。这别处的地就是梁背后的地。老父亲做主说，梁背后的地百舍两口子种去吧，毕竟你们年轻着两岁，跑起来也活泛。这时候年轻两岁又给拿来这么说了。李百舍觉得满肚子话说不出来，把门一摔走了。免不得和兔唇老婆一顿闹腾。这都过去好几年了，日子磕磕绊绊也过下来了，今年兔唇女人往梁上背胡麻时，背着背着忽然把胡麻扔了，看见一捆胡麻像个人那样顺着长坡滚下去了，女人出了粗口，说日他妈把人欺负死了，这一天一天叫人背到啥时间去呢？这再上点岁数咋办呢？李百舍下去，把老婆扔掉的胡麻再背上来。老婆说，你去跟老人说，受不了了，把他们的好地给上我们几亩也行，给上三亩两亩行不行，这不然把人气死，把人饿不死也气死。回到家里，女人一边做饭，一边哭闹，给李百舍端饭时，李百舍看到她的眼泪一股子都到碗里了，她的一个粗黑的大拇指也在面汤里。李百舍和着女人的眼泪吃了三碗面，坐着想了想，又想了想，说你等着我给你问去，出来就在炕洞边的蜂窝里拿了一截绳子离开了家。

长话短说。李百舍在路边的一排老榆树里找到自己满意的树了，他把这树打量了几打量，想着自己要在这棵树上结束自己了。没上过吊，这没有什么难的，先把绳子扔上去挂在一个粗壮的树柯杈上，一根绳子变作了两股，蛇一样垂下来诱引着他。干枯的树枝上连一只麻雀也不落，看起来有一种难以言道的清白和寂寥。对面的天空不知怎么的忽然就红彤彤的一大片，像是天上有什么喜事情，无数个大火炉在一处熊熊燃烧着，路边的老榆树都被映照着了，好像一一给涂了一层重色。这突现的辉煌和壮观使李百舍如在梦境。就在这时候，几乎不易察觉的，地缓缓移动了起来，李百舍还以为是自己的一个错觉，只是觉得有些眩晕，树都没动，身边的什么都没有动，但是感觉自己是在一种整体的移动中。忽然发出一种巨大的震聋着耳朵的吼声来，像望不到头的拉拉车刹紧闸后，又打着牲口拼命拉动着那样。禁不住眩晕，李百舍赶紧把自己准备用来上吊的树抱住。就看见红彤彤的天空对着的山梁整体地移动着，像看不见的魔力在帮着搬家似的。在整体的缓缓移动中，有些土浪却像脱缰的野马那样翻滚而下，像一个预谋了很久的大坝突然得到了决堤的机会似的。哎哟我的家我的娃，李百舍听见自己心里呻吟了一下，就见好端端的村子像个玩具那样被土浪的长舌舔到，还没有来得及品尝一下就大口吞了进去。就像拿一锹土毁了一个蚂蚁窝那样。李百舍觉得这都不是真的，他不能相信一切会消失得如此轻易。但是他抱住树哭起来了，他把头抵在硬硬的老榆树上哭着，泪水滴在鳞片一样的树皮里。他不看了，他不看眼前的这些了，他闭紧眼睛不看了，随它把他搬到哪里去，随它，活着也就那么回事。过了好像很久，但也许过了只是一小会儿，李百舍觉得地好像止住移动了，好像移动还存在，而他已经停住了似的。他都不想再睁开眼睛了。睁眼一看，眼前的树和路都是原样子，但是身后的山梁变了样子，身后的自己的村子不见了。好像被搬到了一个新地方那样。刚才还盛情燃烧过的天空，此刻耗完了所有的激情和体力那样，凉冷下来，像一些残羹剩汁。李百舍的心木木的不容易动弹。我的娃，他眼泪巴嚓地向四处望着，不知道想望到什么，两股用来上吊的绳子软软地垂在他的头上耳边，像是给着他一种力所能及的安慰。

1921 年 3 月，震后快八十天时，国际饥饿救济协会的克劳斯一行来到极震区考察，克劳斯用他的镜头把这条小路及路上完好无损的榆树都记录了下来，并在照片下注解说：“巨大的滑坡将公路推移一千五百米，并掩埋了一个村庄。”这照片已成为海原大地震珍贵无二的资料。在这里应该诚挚地感谢克劳斯一行。只是克劳斯的镜头里一个人也没有，不知道李百舍用来上吊的树是哪一棵，不知道克劳斯照相的一刻，李百舍在哪里。

2019.8.28

袁家窝窝

在西安州以南数里，南华山北向有一个群山环抱的小村庄，叫袁家窝窝。村子很小，不足一百口人。村子虽小，却在方圆有一定的知名度。知名度来自于两个方面，一是村里有家人世代做棺材，开了一家永寿棺材铺，棺材是死人的房子，活人的安慰，有些人对棺材的重视程度胜过了对住房的要求，毕竟在棺材里睡的时间要更为久长。有些奇怪的老人晚年会尝试着睡在给自己准备的棺材里。这里的人对棺材的一往情深和深重寄托简直是有些不可理喻。五六十岁、六七十岁的人，没有不想着给自己预制棺材的。儿孙的孝顺与否也体现在这一点上，给老人预制了一副好棺材，孝顺由此即可见得一斑。永寿棺材铺之所以有名声，是因为无论大小胖瘦的人，睡在他家制作的棺材里都觉得舒适，不觉得憋屈。人是最怕憋屈的。这是很奇怪的，甚而至于有些说不清楚，有些棺材，看起来也气派，也宽展，但你睡在里面就是不舒服，就是觉得睡得不是地方，觉得头没有摆正位置，腿没有完全伸开，实际只是个感觉而已，然而这感觉又是极要紧的，就凭着这感觉来取舍呢。一句话，睡在永寿出品的棺材里，你就是宾至如归，你就是睡到了自家的炕头上，你就放放心心睡大觉去吧。都说就像搞屠宰是个造孽活计一样，做棺材却是一个积德积阴功的事情，根基不好门风不好的人家都不能做棺材，永寿棺材铺的棺材之所以做得好，之所以有些让人说不清楚的诗外功夫，那也是有一些说头的，老辈人讲起这一点来总可以讲得头头是道，听着确实是那么个道理。比如有老人就讲，说做棺材的人是什么人，是天天和生死打交道的人，是往土里面埋果子下种子的人，是活在阴阳之间的人，不信你们看看做棺材的人，不信你们看看，大家看了，果然觉得永寿棺材铺的老板和工人脸都有些异样的，就像一片纸上面画了符，又被贴在了低矮的门额上那样。永寿棺材铺每年大概产出棺材五六十副，棺材铺前面就是打谷场，总见得有几副上好漆的棺材摆列在打谷场上，体现着生意的红火和细水长流。

这是给村子赢得名声的一个。

另一个为村子赢得名声的，叫何阴阳。他的名字叫什么已经不重要了，大家都叫他何阴阳。这个人生就一副阴阳的样子，中等偏高的个头，脸窄而焦黑，眼睛看你的时候像隔着一重厚厚的帘子，鼻尖外凸的同时又突然内收，像是突然间嗅到了什么强烈的气息似的。两个耳郭干得厉害，就像枯叶那样似乎可以随时被风吹落。他其实不戴眼镜，但是眼睛那里却给人一种眼镜戴久了的感觉。年龄，说四十岁也行，有时候他在状态中阴下脸来，说七十岁也可以。总之像个账房先生，像个穷教书匠，像个乡间医生，但就是不像个普普通通的庄稼汉。他是方圆一带不可或缺的人，没有什么事情离得了他，好比一个女人的丈夫失踪了，久去不归，就会找到他问问，究竟是去了哪里啊，去了哪里他是知道的，他手里拿着那走失者的一只鞋子，眼睛闭着，口里念念有词，忽然就说一声：去！就把鞋子丢出去，于是鞋尖所指的方向就是失踪者所去的方向，大致范围都可以说得清楚。对他的说法是深信不疑的，于是就朝着那个方向寻去了。或者是女人不坐胎，总是怀上了又无缘无故流产，也找他，他是有办法的；或者是小两口关系不好，打打闹闹阖家不欢，他把那女人的头发剪来一点，做法之后，混在男子的饭碗里使他不觉间吃掉，这法子经他来做，很管用的；或者是某人浑身痒痒受不了治不好，找到他，他带上，夜里在一个古坟上滚几滚；或者是某人家里连连生了几个残疾娃娃，这都需要他出马前前后后看看的；或者觉得树有问题；或者是街门的方向有问题；或者就是整个院子都得挪移到别处去，等等。总之是一个谁也觉得离不开他的人。大家对何阴阳的心态是古怪的，何阴阳在着，大家觉得凡事有保障，觉得踏实放心，但是又希望自己最好不要有什么事找何阴阳，大家对何阴阳是又敬又怕的态度。何阴阳当阴阳这么多年，好像也没有挣下多少钱，看他一家的穿衣打扮就知道了，他的老婆是个驼背弓腰，几十年好像就穿着同一件衣裳，好像她那样的身体一旦穿上就不好再脱下来了，还多病，是个药罐子。这就有些怪了，何阴阳不是这里那里给人看病吗？不是天上地下的病都能看吗？何苦着让他老婆是这个样子，但大家有说道的，古言说得好，木匠住的塌楼房，良医守的病婆娘，说的不是别人，说的就是咱们的何阴阳啊。何阴阳当阴阳不为发财，这是很值得大家为他竖大拇指的。何阴阳看风水治病等，没有什么明码标价，都是随心意。有人说，何阴阳在那个世界挖得深了,就对这个世界淡了。因为袁家窝窝以棺材阴阳知名，就使得袁家窝窝总是笼罩着一种神秘气氛。

闲话到此为止。说大地震。大地震没有多少值得讲的，如此大的地震，袁家窝窝竟然只倒了一孔窑洞，死了一个即将临盆的媳妇子。这在方圆引起相当震动，距离袁家窝窝不是很远，有一个叫种田沟的村子，村民一百七十多人，震后就剩了六个人，这是什么概念啊，这是不能不做比较的。

很快原因就找到了，袁家窝窝之所以受损如此之小，就是因为你们不管哪里死人，都是我们给你们做棺材啊，我们袁家窝窝有棺材压着，能不稳当吗？这是一，更重要的是，我们还有何阴阳，我们有何阴阳啊，何阴阳干了什么你们知道吗？就在地震以前，何阴阳在村子的八个角落，都埋了东西，龙虎豹子把地压着，它想翻身也翻不了啊。不能不信，事实在前头摆着呢。种田沟都是什么人？一庄子差点打绝了，就是缺我们何阴阳这么个人哪。有人讲，如何阴阳这样的人，死了都应该立庙塑像的。还说到那个女人的死，一下子死了两个，加上肚子里的娃娃，不是娘儿两个吗？她是怎么死了呢？她又不曾睡在那孔塌掉的窑洞里，塌掉的窑洞地震那天就没有睡人，她是睡在房子里，晚上出来尿尿，就在门前头蹲着尿，她男人站在门槛里面看着她，给她做伴，就地震了，房角上一个石制的装饰物掉下来，就把正蹲着尿尿的她砸死了。

据有人传述何阴阳的话说，这么大的难，别的庄子死了那么多，你一个都不死也说不过去，也没有这么个公道，就把这娘儿俩死了，媳妇子死了是因为她本身有罪孽，肚子里的娃娃死了可以救他的妈妈，这都是什么道理，不容易让人听得懂的。那媳妇子什么罪孽呢？虽然何阴阳三缄其口，但大家还是听得出，那媳妇子肚子里的孩子来路不明。

袁家窝窝原本是个小村子，大震后反而成了一个大村子了。有些劫后幸存的人，和袁家窝窝沾亲带故的，就来这里开荒种地，安置家园。何阴阳发话说，可以，但是最多不要超过三百人，何阴阳此时说话，那简直有着和圣旨一样的效力。

手头有一本《一九二〇年海原大地震》，由国家地震局兰州地震研究所、宁夏回族自治区地震队编著，地震出版社 1980 年 9 月出版。在分析到“场地条件对震害的影响”时，恰恰就用袁家窝窝和种田沟举了例子。文章说：“最奇怪的现象是，海原县西安州以南五公里处，南华山环抱的一个小村庄——袁家窝窝，这里几乎临近地震构造变形带，周围的烈度达十一至十二度，而袁家窝窝的烈度仅有八度，竟相差三四度之多……该小村庄坐落在一个比较狭窄的谷底之中，周围是老第三纪的砂页石，地基坚硬，这显然是烈度骤降的原因。”

2019.9.9

震　前

如果不被说成是事后诸葛亮的话，那么震前确实有着许多形形色色的预告的。

拿极震区干盐池来说，这里自古以来就是丝绸之路的必经之地，又盛产盐类，古城一座，城池坚固，市容整齐又繁华，始终往来商贾比原住民都要更多些。但是这样一个发生着各种各样的人间故事、烟火味极重的小城，一场大震，尽归废墟。直到今天干盐池老城还是一片陈年废墟，就像一块隐痛极深的伤疤，不愿意再揭开它了。

震前小城里曾传出闹鬼的现象，说是若干客人，在常住的店里住着，忽然间就觉得有些异样，像是住到了一个陌生地方那样，看什么都觉得深有意味，看什么都觉得有所预谋，感觉系统好像都出了问题。老板娘闻声过来看情况，手里提着一壶开水，推开门，客人却像看见鬼那样惊慌起来，吓得老板娘手里的水壶也掉在地上。

都说是店里闹鬼了。而且有这样事情的店家不止一处，说是客人睡在床上，大天白日，觉得不对劲，觉得窗子在变化着形状，觉得门缓缓移动着，觉得床下面藏着什么，把床顶得升高起来，一次次下来往床下看，能看到什么？看不到什么。看不到什么更让人不安。一些汉民开的店房饭馆一类，找人写了符文贴上了。不只店房如此，就是普通居民也是这样，一个女人正在做饭，正在切面条，忽然把切刀用力一放，说，不切了不切了，急躁死我了。家里人说好好的你急躁啥，她说不由她的个急躁，就像心里有个兔子抓挠着要出来。男人说，来我抽你两巴掌看你还急躁吗？她听了很奇怪的样子给男人笑着，把男人倒吓了一跳，看着她若有所思。还有就是很多吃奶的娃娃夜里哭闹得厉害，奶头塞到嘴里也吐出来，就是哭，看着屋顶哭，看着墙哭，像是有所看见，并且被所见之物吓着了似的。而且还浑身抖，突然就抖一下，突然就抖一下，像在人本身发生着地震似的。我们这里把婴儿的这种发抖叫惊丈子，不知道是不是这几个字，发音就是这样的，女人抱着娃娃去给郎中看，郎中问，啥病？女人说，惊丈子，郎中就知道是啥病了。于是一个阶段，街上到处贴满了这样的纸条："天皇皇，地皇皇，我家有个夜哭郎，过路君子念一遍，一觉睡到大天亮。"街上一个算卦先生，暂时搁下他的算卦，专门来写这个天皇皇地皇皇。他写这么一片纸的收入是很好的，最少也会有一篮鸡蛋。还有就是好好走路的人忽然觉得看起来平整的路好像坑坑洼洼的，好像在起伏，好像自己总是走在原地，好像自己往前走着却是后撤，使人觉得晕眩。还有就是看似结实的墙上不知什么时候掉下一些泥皮来。12 月的天气，狗却热得受不了，吐出来掉着涎水的舌头发出燥热的声音。地震那天中午，某老汉家的一只老狗，竟然从窗跳入，像孩子一样钻进老人怀里，拿头拱他，好像在老人身上寻找什么，然后又跳窗而出，然后又跳入，如此三番，老人觉得这狗有些邪气了，拿了棍子出门打它，老人如此才免于一劫。

干盐池一侧是黄家洼，总有一两个月之久，零零星星看见狼从山上三四个、七八个一伙下来，在山下的小河边喝水，然后慢腾腾地上山去，在半山上蹲了，举头向着天空号叫，好像天上有它们的什么牵挂似的。一个叫刘廷汉的人在黄家洼下犁地，他的老婆带着两个小娃娃在他的后面用榔头打着坚土，太阳已经出来了，看见几只狼在那边的河边喝水，尾巴重重地在后面拖着。忽然老婆惊呼了一声，就见两个娃娃不知什么时候也到河边去了，虽然不是向狼走去，但自然还是很危险的，刘廷汉扔了犁，跟在老婆后面跑着，两口子追到两个孩子，胳膊下夹了趺趺撞撞跑回来。但是看狼的样子，显然对他们都没有什么兴趣，它们喝了水后，像是负重那样从黄家洼的一侧上去了，倒好像躲着人似的。这都可算是奇迹，何曾见过如此温良的狼群。当然附近干活的人不只刘廷汉一家。但狼群只要攻击起来，攻其一点，凭谁都是不好对付的。

干盐池原住民据说也只有九百多人，回汉杂居，民族关系堪称融洽。回汉之间有一个习惯，就是喜欢在对方那里给自己的孩子找干大干妈。我就有汉族干大干妈的，我的干妈是我父亲的老师，她当时在我们村小学教书，父亲是她的学生，后来父亲就找她当了我的干妈。还有个仪式的，要拴个红线在我脖子里，干妈还给了我五角钱，母亲用这五角钱给我照了平生的第一张照片。刘廷汉也给小儿子找了个汉族干大，其人在街上开一个杂货铺，话是说了，双方都无意见，只是还得有个必要的仪式。刘廷汉的老婆喂了两只母鸡，准备举行仪式那天招待客人。眼看着议好的日子快到跟前了，却发生了一个事情，不只刘廷汉家里如此，许多人家都是这样的，就是鸡乱打鸣，原本鸡叫是有个时辰的，现在则是乱了，刚入夜鸡也会叫起来，而且传染病似的，这家叫，那家也叫，叫成一片，公鸡叫鸣倒也罢了，连母鸡也扯着短脖子叫，比公鸡叫得还起劲，这算什么事。懂规矩的人就庄肃着样子说到这事的严重性，天地间之所以轮转有序，平平稳稳，就是因为凡事都有规矩，事事都在规矩中的，规矩一乱，比如冬天下来该是春天，结果春天没见，来的是秋天，你还播种不播种？这都是最浅显最起码的道理，一听即明，于是凡打鸣的母鸡都被宰掉了。刘廷汉家的母鸡也提前宰掉了，宰掉了也没人敢吃，原本回族人不很在乎，想着母鸡打鸣，宰了就行了，肉是可以吃的，但住在一起，总不免受影响，看汉族兄弟不吃，扔掉了，就也跟着扔掉了，故意扔在黄家洼下的小河边，让下山喝水的狼吃掉。那段日子，河面上浮着厚厚一层鸡毛，有人到河边把鸡毛捞回去，准备扎风匣用。

2019.9.10

震　柳

在西华山的北麓，有一个叫哨马营的小村庄，村庄对面的山叫营盘山，上山一望，远近尽收眼底。营盘山有大宋设建的营垒，专门用以瞭望侦察西夏军情的。有时兵士会下山来饮马，就把这村子叫成了哨马营，听起来有些军事意味，其实就是一个小村庄。

大地震那天下午，村民田怀礼牵着家里的一头母牛在一片草地上吃草。奇怪的是，都快要元旦了，地上竟好像有了一抹绿意，尤其往远处看时更为分明。今年雨水好，庄稼算是丰收了，都以为枯草返绿是好兆头，就像春天不开花是坏兆头一样，这是没有多少疑问的。

不远处的柳树上也有着一丝绿意，只是不很明显罢了，看起来总像是个错觉。没人说清那树有多少岁数了，反正凭谁看那也是一棵古树。没几百岁不能叫古树的。

牛肚子里还有个小牛，使它的肚子像个大锅底那样低垂着。田怀礼计划着小牛生下来就把母牛卖了给人还账，借下账的人总是活不展妥，见了人家也得躲着走。

老鸦叫着从头上飞过去，田怀礼抬头看着，他怕老鸦把屎拉在自己头上，这样的事也不是没有，要是别的鸟鸟子田怀礼就不在乎了，但是老鸦得防着些。田怀礼一直看着老鸦飞入远处的阳光里，像一小片纸灰那样飞得不见了。

就在这时候过来了一个人，背着一背篼干草把子，他并不打算住脚和田怀礼说话，而是边走边问田怀礼，想不想去打扑克？田怀礼说我放牛着呢。那人说你就说你想不想打吗，想打的话咱们再想办法。田怀礼说，我打了扑克牛谁给我放？那人龇牙一笑说，牛它个人放个人嘛（意思是牛自己放自己），说着从背篼里拿出一截绳子，扔给田怀礼，让田怀礼把绳子接在牛缰绳上，然后把牛拴到那棵柳树上，牛不就自己吃草了吗？还吃个自由自在。也是个办法。于是就把牛拴到柳树上，两个人说着闲话走了。还得再找两个人才能打对家。牛一直看着两人走远，才不明所以地伸长着脖子叫了一声。

快到黄昏的时候，打牌打得头昏脑涨的田怀礼回家吃饭，老婆问，你把牛呢？什么牛？你不是把牛后晌拉出去放了吗？这才想起来牛在柳树上拴着。赶紧往柳树那里跑，跑着跑着咋觉得高一脚低一脚的，咋觉得一脚出去没踩着地，一脚还没出去地却高了上来，其实已经是地震了，他像一脚踩空了那样摔倒在地，听到地里面全是牛叫声，像庞大的牛群从地下轰隆隆经过着那样。眼前头白光闪闪，像是一把一把给他的眼里塞着黑暗。

牛成了小事情，地震消停一些时，田怀礼就忙着跑回去了。看看老人咋样了啊。看看妇人娃娃都咋样了啊。

竟然天还会再亮起来。

第二天天亮了去看，那棵柳树已经完全不成样子了，它像一个人被五马分尸那样从中间裂开来，裂开一个大缺口，然后这可怕的刑罚却好像突然地中止了，使它像一个人的脸，一半看着这边，一半看着那边。这真是惊心动魄的一幕，大地震竟然在错位的旋转中把一棵古树从中间撕裂了，这一幕除了那母牛看到，再没有谁看到了。那母牛还活着，它不知怎么地被绳子缠倒在地，肚子上也缠了一道绳子，旁边多了一头小牛，不过已经不是活的了。

过了两天，那母牛虚弱得站也站不住，头重得它抬不起来，怕死掉，只好宰掉了。

那棵柳树就成了海原大地震的活的见证物，它因此得名震柳，至今健在，每年春意萌动之际，它也不甘寂寞，不遑多让，和别的比它年轻许多的树一样，引来雀声叽喳，垂下万道青丝。

2016 年，散文家梁衡先生慕名而来，谨表拜谒之意，还特地写了一篇《百年震柳》的文章发在《人民日报》上。

2019.8.27

石作梁

给老百姓真正做过好事的官吏，不论官大官小，不论贡献巨微，青史和老百姓总是会给他们记一笔，或者形成口碑，代代相传。

《海原大地震》一书中，专门辟有一章，就是写大地震时为老百姓尽了一己之力的行政人员，虽囿于地位条件，不能解民于倒悬，但雪中送炭，是不能忘记的。书中所列人物屈指可数，不妨都录记于此，计有：

何瀛曾（生卒年不详），大震后出任海原县代理知事。甘肃省长陈訚在给内务部的请奖电报中说："何瀛曾一员，代理海原知事，适当剧震之后，全城荡平，盗贼窃发，该员……联络防军，弹压解散，不数日秩序粗安。该县伤毙人民逾七万，惨剧为全省冠，该员不辞艰险，亲履穷乡，会同委员，散放急赈，施医防疫，掩死扶伤，次第推行，不遗余力；且当衙署、民居倾塌殆尽之际，食宿均无所托，该员坚忍不挠，其艰辛实非寻常可比……拟请留甘任用，俾资激劝。”

石作梁（生卒年不详），时任固原县警察所警佐。

刘尔炘（1865—1931），兰州人，光绪十五年进士，甘肃大学堂总教习，1921年2月底，刘应甘肃省长邀请，以绅士名义，与王烜、李蔚起等人，组建“甘肃震灾筹赈处”，统管一切震灾救济事务，大总统曹锟题赠“恫瘝在抱”，刘两次上书辞谢，以为职尽分内，不敢邀名得誉。

王烜（1879—1959），兰州人，光绪三十年进士，甘肃华洋赈灾会总办，属震后呼吁赈灾最力者，有《上北京华北救灾协会电》一文留作文献，电文中说：“全甘七十余县，被震受灾五十余县……募款殊难，数月间所收不过五六万元……所到之处，无告之民，盈阶满道，无法应付，万分为难。”其奔走呼号之状，虽百年后也可想见。

周廷元（1886—1956），湖北咸宁人，时任静宁县知事，属震区七十余县最担当最有为之县知事，沾其手泽，直接受益灾民不下十余万人。

柴春霖（生卒年不详），兰州人，美国威斯康星大学政治经济学硕士，归国后任北京政法大学教授，于震后发起成立甘肃震灾救济会，任干事长，又陪同国际统一救灾会黑斯一行深入灾区考察，先后募款七万余元（此款项后被以华北五省旱灾为名挪走，震区灾民一文未得），甘肃省长陈訚在给内务部的请奖报告中说：“该员对于赈务实属异常出力，拟请以简任职存记，藉励贤能。”

如上，还数不满十根指头。

在这里讲讲固原人石作梁。

关于石作梁的事迹，《海原大地震》一书讲到如下几条：

1. 大震当夜，即命巡管队长率警百余人，分头出巡，边维持社会秩序，边搜救压埋人员；

2. 发布通令，要求灾民男女分别聚集，不得混处；

3. 准灾民将已损木料，不计所属，用来取暖御寒；

4. 很快查明，县城及附廓震亡九百三十四人，四乡共死三万四千七百七十九人；

5. 组织灾民，将百余具无主尸体妥为埋葬；

6. 亲带马队出巡四乡，谋抢县城商家货衣案、结伙谋抢货库案，均于案发前即行侦破；

7. 动员商人捐衣百余件。动员富户捐粮三十石，每日炊米煮豆，供人领食，于行动不便者，石令警员大桶盛装，抬送身边。

想着那样的苦境，读着这样的文字，由不得心里暖烘烘的。

关于警佐石作梁，还有两桩事可记。

某天下午，石骑马带队巡乡返回，灾民押着一个瘦高的女人到他跟前，那女人围巾遮脸，难见形容。于是一个灾民就不客气地扯去他的围巾，原来是个二十来岁眉目清秀的男人，真是从长相看不出来。他一直搭着围巾，混处在女人群里，目的何在呢？原来他是想趁机占一些女人的便宜。这样的时候，他竟还有如此心思。也是报应，那么多女人，他趁着夜黑竟然端端儿摸到了自己的一个亲戚，一经吼喊，大家都知道了，就把他押到石作梁跟前了。

应该说，这个扮作女人的人比许多女人还像女人。

石作梁说，你这个事放在平时，也不是个要命的事，但你娃装成女人，混在女人堆里，这事就大了。那人辩解说，他没有干啥，他就是在女人伙里老实待着而已，实际他并没有干啥，最多是夜里挨紧着睡，不然可以问一问。

石作梁说，吃都没个吃的，你还是这个事，你这个影响太坏了，想救你都救不活。

那人忽然很痛快地说，要我死可以，但是我有个要求。石说，你说你的要求。那人就要求石准许他自己把自己弄死。石作梁和众人都有些愕然，看着这个平静着样子说自己生死的人。石作梁这才从马上下来，走到那人跟前，细细地看着他，似乎要看看他到底是个男的还是女的。那人被石作梁看得掉过眼神去。石作梁说，你自己咋死？上吊？抹脖子？还是找个石头碰死？那人的脸好像一瞬间变长了变窄了，青寡寡的，他突然背转身，像卧底吞吃什么机密物一样吞食了一个什么，然后就向前走了几步，蹲下身子将头埋在膝盖间。他很快就死在了那里，像是一个被捆成一团的人死相难看。他死后的样子使人看出来他确实是个男的，下巴上侧着看去似乎还会长出胡子来。看样子他是随时准备着一死的。到死也不知道他究竟吃了什么。石作梁下令把他埋了。大家都有些怏怏地散了，好像开了个没结果的无人满意的会议似的。

还有一个事是这样。

固原从平凉拉来两车锅饼，结果还没等拉到固原城，拉到二十里铺那里，就让早已闻声先到的人给拦住了，刀砍斧剁都拦不住，就是要抢锅饼吃。一个二十岁刚过的小伙子抢了半袋子，跑又跑不脱，被人撕扯着，就这样，石作梁骑马赶到了。两车锅饼，没有比这个更大的事了，没有比吃更大的事了，僧多粥少，谁吃就是个大问题。无论如何，不可能你一个人吃，不可能两车锅饼给你一个人弄去半袋子。就把那小伙子绑在石作梁跟前了，半袋锅饼罪证一样在他脚边，但显然这锅饼和小伙子没什么关系了。

石作梁说，这时候干这样的事知道什么罪吗？

小伙子硬着脖子说，吃馍馍的罪。

吃没罪，抢就是罪，你一个人抢这么多，别人吃啥，把你吃着胀死，把别人饿死，你觉得合适吗？

小伙子说，我也不是我一个人吃，吃的人多着呢。

石作梁说，为这半袋饼子你把命丢了，你还这么年轻，你说你这娃！

小伙子说，要命也行，把这点饼子给我家，我家还有人呢，我奶奶两个妹妹都在呢。

石作梁让从袋子里取出两个饼子，给小伙子吃了，然后就地把他杀了。

2019.9.1

老太子

老太子实际上是老胎子，就是他大他妈最后的一个儿子，我们这里就叫老胎子，写成老太子相对好看一些吧，那就写成老太子。

老太子是王井村人。王井村，在县城东南八九华里之处。是个纯汉族村。周围全是回族村。王井村旁边不远的山坡上有一些石窑，据说是一个回族修习者在其中坐过静悟过道的，后来的人就把这里作为一个圣地，也没有再铺张地来建楼画栋，只在这石窑的门上挂着一面素净的门帘而已，真是再简素不过了。里面有香炉，除了专门的纪念日，平时也有零星的人来点香纪念。问这回族老人何时在此，如何背景，如何面目，没人说得上了，反正就这么传承了下来。也有疑问说，回族老人选择盘道的静室，天高地阔，哪里选不得，为何选在一个汉族村子里，也是没人能说上所以然的。

村里还有一个小庙，算来也二百多年了，就在村子的最上端，那里有一大块平地，种了不少树，小庙就在树丛前面，俯望着这村子，好像后面的树都是跟从的信众似的。庙小神多，庙里依照大家心愿，陆续塑造了不少大大小小的像设，上庙里祈愿的，不拘抱着什么愿望来求告，都能寻得自己对应的神佛。

无论小庙还是回族人的石窑，里面总是很干净，这得归功于老太子。不知谁吩咐了老太子这工作，反正许多年来，照拂清扫小庙和石窑的工作，就老太子一个人干着。老太子也没有家，一个人过，他多少会点针灸一类的医术，在村子里也给人扎扎针捏捏骨什么的，是村子里不是很重要却属于某种标志性的人物。每个古老的村子都有几个标志性的人物，各以某一个显著特征被人所熟记，比如村里手把子最硬的人，村里最好看的寡妇，村里的银匠，或者就是有某种缺陷的，比如瘸子瞎子一类，这样一些人，会慢慢地成为全村人共同的记忆和积淀。老太子在王井村就是这样一个人。他近乎悄无声息地活着，他对这个村子不可或缺，缺了他，生活会显出一个漏洞来，而且不好弥补无可替代，比如小庙，有他操心，多少人省心了啊，要知道那可不是老太子一家的庙，那是大家的庙，说来老太子就人家孤寡一人，无老无幼，年岁又那么大了，就是到神跟前求告，也没有多少可以求告的了。老太子实际上是大家的一个心甘情愿的长工。大家对老太子的回报是，他可以吃百家饭，但老太子总还是自己做饭吃，在别人家吃饭的时候是极少的。对于老太子主动看护清扫小庙，没人说什么，但老太子也清扫石窑，把石窑周围的草清理掉等等，而且多少年如一日，村里人肯定有过议论，但也就随他去了。在神的事情上，不管是哪个神，不管这神是哪一方的，村民们向来都是谨慎的，敬不到，不要惹到，这是他们的一个经验和处世之道。

每年一个特定的时段，回族人都会来石窑点香纪念，像蜜蜂一样往来不息，在石窑那里结为一大团，像另一个村落似的。王井人把这样的时节也视为一个节气或者机会，弄些什么东西在边上买卖经营，虽不过四五天光景，也是平静生活中的一个浪花。

说话就到了地震的时间。

说话间就地震了。

村子就像被抛入其大无朋的锅里胡乱翻腾熬煮了一番那样。12 月 16 日的这一夜，暂付阙如，不可形容。

天还没完全亮起来，但天确实在一点点亮起来。雪花像从远古飘来，像人哭不出来了，哭不动了，天代人哭着，表达着哀思。这时候在一片大废墟中，就见一个人小虫子一样蠕动着，向坡顶上去了，向小庙那里去了。老太子没有死，几乎没受什么伤，他要去庙里看看那些神怎么样了，走走停停，走走停停，他得缓一缓才能再走。走了一段，他向着石窑那里看了看，就见一个戴白帽的人从石窑里出来，好像是扬手给他打了个招呼，然后就顺着山畔子走了，老太子看着那人走得拐过去不见了，才把两手扶着膝盖走起来。

到庙跟前时发现庙墙裂了好几个口子，但并没有塌下来。东山那里红彤彤的，像在烧着一河的沸水，预示着太阳很快会从原地方出来。庙后面的树一个个吓傻了似的。老太子解开门扣走进去，一个从来没有见过的情景出现在他眼前，就是做梦也梦不到这样子，在老太子眼前，凡大一点的神像全部被震翻下来，或趴或仰的在地上，而那些小神像，没有一个被震落，但是被一律震得转过身去，面对着后面的墙壁，像是不敢看了那样，像是转过身去面墙叩问和忏悔着那样。老太子呆呆地站了站，忽然想起了什么似的，忙忙跪下去，跪在那几个倒地的神像之间，把头埋没着那样深深地叩下去。

2019.9.1

自救队

大震后，县府塌毁。县知事钟文海不知所踪。甘肃省长张广建二十五天之后才向大总统发出所谓十万火急的电报；震后七十天，甘肃旅京人员和学生在《中国民报》发表文章，要求政府救济，向社会各界发出哀告书，并向军政要员黎元洪、曹锟、张作霖等八十四人呼求慨施捐助，这才收到十六个省一百五十余县、军队和五百余人的个人捐款，款项合计为：大洋三点一万元，国库券十五元，有利国库券二十二元，京钱一百六十八串，日本山口高等商业学校专科学校捐助日币八元五十三钱（合大洋六元五角五分），美国纽约学生中国救济甘肃赈灾会捐募大洋三百二十八点一一元。就这些，赈济的对象是九百万灾民。

杯水车薪，此之谓也。

只好自己行动起来。

当时各地自发成立了许多自救队，较大的一股有一百多人，负责人叫徐善举和李唯章，徐李二人一个风风火火，敢作敢为；一个遇事不慌，沉稳老练，可算一对好搭档。他们以十人为单位，把百多人编为十来个小组，分为三大组，一组身壮力健的负责从废墟里救人，并且把救出来的人安顿在妥善处；一组负责从废墟里挖出深埋的粮食衣物等各种生活必需品；一组以妇女老幼为主，负责给那些行动不便的重伤者分发食物衣物等。

震后第二天就是一场大雪，大雪让灾民既忧且喜，忧的是寒冬腊月，本就御寒无术，大雪临头，雪上加霜；喜的是吃水问题解决了，没水可以吃雪，甚至有些灾民无粮可吃时，以雪充饥。那算是一段共产主义时代吧，大家真正做到了有饭同食，有衣同穿，据说一件皮袄，谁出门谁穿，吃饭的碗不够，你先吃，你吃罢了我再用你的碗吃，回汉男女，这时候，没什么太讲究的了。

这时候发生过这样几件事，一件是，一些重伤者不吃不喝，整日号哭，竟有当众忽然自杀者。一些人怕神怕鬼，战战兢兢，好像随时都会受到莫名侵害。这样的情绪是很容易传染的。徐李二人一看不行，就听从身边老人的意见，选出十来个声音粗壮响亮的人来，白天这伙人睡好睡足，夜里就在各悬崖边上，各山头上高吼猛喊，按老人们叮嘱的，就喊“过了，过了”，意思是地震已经过去了，已经完成它的任务了，已经施行过对这一方土地的惩罚了，可以收手离开了。每天晚上，听着这里那里“过了，过了”的喊声，似乎连月亮也可以安静地睡一会儿了，在那样的时候，这样的喊声带来的安慰是不可言喻不可估量的。同时就委托城里的名医赵先生，从靖远火速购入一批常用药来，不然有些人是活活地疼死。赵先生用了他的关系，不但从靖远运来药物，还是出厂价，一分钱的利润都不要，运费也免了。都知道对方是借这个机会在行好。行下的好是自己的。大家也就把这个情谊领了。但是药的本钱总是要给人家的吧？算下来还差八十多个银圆，正苦恼时，传来了意想不到的好消息，原来挖粮组从一个废墟里挖出一袋黄豆来，好像有些超重，黄豆不应该这么重，打开一看，果然从深处拿出一个白布袋来，呵呵，谁能想得到，一袋子大洋。不知是谁的大洋，总之是这钱走到好路上了。就拿这钱补足了药钱。还剩了二十多块，打算都用到最该用的时候。管钱的人是一个给公家干事的人，公家不知哪里去了，他戴着眼镜来这里当保管，又是拨拉算盘又是写又是画的，是一个让人看着就像那么回事的人。

还有一个事是，一段时间，怪了，每每挖粮组有一点收获，第二天这收获就不见了，连着几次都这样，这是怎么回事，不能再这样子下去了。大家开始留意起来。这时候就有一个哑巴女人，在人群里焦躁地走来走去，嘴里呜哩呜啦地说着什么，听不明白。吃饭的时候，她也不吃饭，一次竟然把饭碗砸在地上，这是干什么，这样的时候，谁有胆子这样干，一个碗几个人轮着吃呢，好好的一个碗就砸掉了。还有碗里头的五谷，这是不要命了吧，这样的时候，把五谷这样糟蹋。引起公愤了。徐善举忍不住推了这女人一下。但是李唯章却把这女人领到一边去了，请赵先生来给她抓脉医病，原来她是极度受惊，致使一时喑哑，经赵先生好言相劝，细心调理，她终于能说出一点话来了。原来大震前她和一些人被一股土匪掳去了，多是年轻女人，晚上土匪就轮奸女人，轮奸一女人时，那女人不从，被割掉了舌头，而且当心一刀子扎死了，这女人在旁边看着，吓得不会说话了，后来她就装疯卖傻，把吃的往脸上抹，把土吃得满嘴，土匪一看她这个样子，就把她放了。紧接着就是地震，她不知怎么就被自救队救来了。她在这吃饭的人里面发现了那个杀人的土匪，他也混在灾民里吃吃喝喝。还多要药物，装作这里也疼那里也疼。一旦挖粮队挖了粮来，他就偷偷去告诉同伙，把辛苦挖来的粮食偷走。原来是这么回事。很快在女人的指认下,那人被抓住了。原来他竟然和赵先生一个村里人。他见赵先生也在，就给赵先生磕头求饶。赵先生神色严峻，看着远处一抹被云彩遮住的天空，始终没发一言。徐李二人一看这个情况，就说，不多说什么了，你干的事你知道，既然赵先生在这里，我们就把你放了吧。就把这人放了。看来放人也是合赵先生之意的，但这样的人一旦放脱，不知他还会做出什么事来。

事情层出不穷，还碰上了一件事，就是另有一伙也称为自救队的，三十来个人一伙，这伙人好像有先见之明，哪里住过富户，他们就会出现在哪里，而且挖出来的东西不与人分享，尽归己有，而且从穿戴行动看，日子过得滋润得很。一次和徐李二人的自救队一同看准了一块废墟，都说是自己先到一步的，相争不下，这伙人不但有铁锹镢头，也还有大刀、斧头，这些东西显然不是用来挖掘的，总之一个个像是从狐狼而来，一看就不是善茬。

李唯章悄悄地把马举人请来了。

马举人，名马明哲，清末武举人。曾经给沙沟马元章老人家当过十四年私人保镖。后来又当过县税务局局长。他一家在大地震中未曾伤亡。马举人一把灰白相间的大胡子，他在人前头一站，说，鸟为食亡，人为财死，你们一伙是来送死的吗？那边一个瘦硬的人说，不知道谁是送死的呢。徐善举说，把眼睛睁大看看，和你们说话的这个人是谁？这一说，对面果然认真打量起来。马举人说，这样的时节，这么大的难，你们一个还要恨一个吗？一个还要害一个吗？一个还要把一个吃了吗？你们连狼都不如吗？娃娃们，难这么大，不是人害人的时节了，你们一路上跑着，能见几个人呢？能见几个面熟的人呢？见到的狼都比人多。这样的时节，人跟人爱都来不及，爱都没个人爱。有些人想爱他的大大，土里头呢；有些人想爱他的妈妈，土里头呢；有些人想爱他的妇人娃娃，都在土里头呢。想爱想疼见不着面了，拉不上手了。吃奶的月里娃娃土里头都埋了一层。你们还害人。我们和你们不一样，我们刨点吃的是给大家吃，你一嘴我一嘴；我们刨点衣裳大家穿，你一片片我一片片。你们呢，你们看看你们的样子就知道了，你们跟我们能比吗？这是我好心好意说给你们的话，长脑子了想去，没长脑子打架也可以。马举人说着，前面不远处有个打场的石磙子，大概四五百斤的样子，马举人把衣袖挽起来，开始抱那个石磙子，两边的人都紧张地看着，一点声音也没有，连不断骚扰的余震也暂时没有了，就见马举人虽然涨红了脸，但石磙子还是缓缓离开地皮被他抱了起来。马举人抱着石磙子站起来，示威那样看了看那伙人。然后一松手，石磙子掉下来沉沉地砸在地上。那伙人没说什么就转头离去了。这边是一片欢呼声。

徐李二人让挖粮队注意存留一些好的粮食，马上就要开春，还需要作种子用。

春暖花开的时候，这些种子果然派上了用场，大家把四处浪游的牲口暂时收拢来，在不知是谁的地里先播下种去，在大劫之后不久，就开始了他们的新生活。

2019.8.27

第二章　远处的事

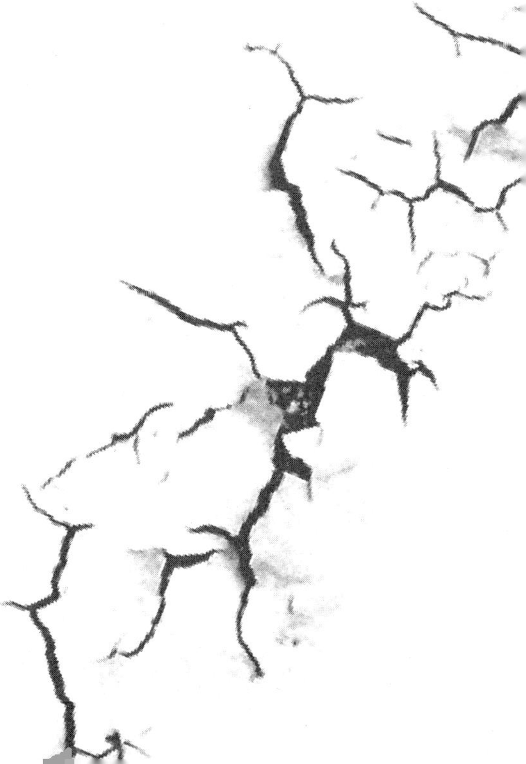

昝学武

四川广元旺苍人昝学武，那天去丈母娘家前发了毒誓，今儿去要是还领不回媳妇，他昝学武就会翻脸给丈母娘好看。他屁股上吊了 小把刀子，虽说不是宰羊宰牛的刀子，但只要他发起威来，那刀子还是够他一用的。丈母娘一家都欺他性格绵软，总是出不了头说不起话的样子。实际人的内心和他显现出来的部分有时候是很不一样的，对一个人永远也不可以忽视和低估，长久地忽视低估一个人会付出很可怕的代价，就比如昝学武，他已经陆续积累了足量的愤懑，他已经对丈母娘恼怒到无以复加，他只要想象到丈母娘的脸就忍不住要打出一拳去。他出发前又下足了决心，这番去绝不能像前几次，这番去，必得有个结果，必须要把媳妇领回来。要是还不让领，还像上几次那样，甚至媳妇的面也不让他见，只是个丈母娘过来过去刺激他，问他是个谁啊？干啥来了啊？怎么还不走啊，等狗来咬一嘴才走吗？就把他当个要饭的奚落。或者也表示认出他来了，认识他是她的女婿，并且知道他又是来领媳妇，但是嘴像个长虫嘴那样不停地往外吐火星子，说你来领你媳妇来了，好好好，我问你，你领你媳妇回去是享福吗吸黑灰？你给你媳妇买下金簪子银手镯了吗？你给你媳妇盖下好房子了吗？说这些话的时候是一个面孔，忽然掉换一个面孔说，呸，羞先人，你还知道来领媳妇，媳妇是你来领就给你领回去的吗？好像前面那个面孔远着，后面这个面孔借了一个爆发力，突然送上前来，离你的眼睛很近，好像一瞬之间，你们只隔了薄薄一层玻璃那样。好在和突然送上前来一样，撤回去也是很迅疾的。

昝学武给骂得抬不起头来，浑浑噩噩回家去，一路上耳朵里全是丈母娘的唾骂声，火星四溅，土尘乱冒，昝学武觉得自己脸上的肉都让丈母娘骂得脱落了，就剩了不值钱的骨头给风吹着。好像还有丈母娘的骂声要飞进耳朵里来，昝学武晕晕乎乎走着，两手伸上来要捂紧自己的耳朵了。

这都是以前的事，这算是已经到了一个极限，昝学武不允许再出现这样的事了，他觉得自己不会给丈母娘这样子骂自己的机会了，刀子已经带着，到时候要出现一个怎样的自己连昝学武也不知道的。但是他觉得自己已经是准备好了，油带得足够，还怕火点不起来吗？要说这点火的人，不是别人，就是丈母娘了，就看丈母娘睡梦做得好不好，就看丈母娘点不点这个火，她只要点火，他就不顾一切烧起来。这一回是死马当活马医，再医它一回试试。这一回是孤注一掷了。这样一想，昝学武竟是心境大变，有些跃跃欲试了。积累到一定程度的情绪会对人有一种鼓动和把控，使人好像越出了原有的范围，要弄出一个不一样的自己了。有时候这种像地震一样蓄积起来的情绪会让人离开初衷，走到一个完全意料不到的反面去，这正是可怕所在，可惜人们不知道祸端临近，不知道在一个关键的时刻抽柴熄火，反而主动赶上前去，点燃那个毒蛇一样的火线，多少事情都是这样发生的。

突然一刻，同着走动，觉到屁股后面的刀子一下一下敲打着自己时，昝学武也觉到一阵辛酸和悲凉，自己这是去干什么呀，事情怎么竟然到了这一步啊，但是很快一股火又烧得他要变个活法了。

其实他结婚还不到两年时间，他才二十一岁刚过不满二十二岁，他和媳妇之间也没有什么大不了的事，小两口也还好的，新婚宴尔，如胶似漆，这样的过程感受他们也有过的。不过就是媳妇不愿意住在矿上。昝学武就是个矿工，矿上还好心好意给了他结婚用的房子，满以为媳妇会满意，岂料她不但不满意，还闹着要离开这里。昝学武对这里是很满意的，从井下上来，很快就会回到家里，很快就可以把自己从黑的洗成白的，很快就可以吃到饭，尤其是，很快就可以见到媳妇并且热热乎乎睡到一起，在昝学武看来，这全是好没有什么不好啊。但媳妇说不好昝学武就不能说好了。矿上几十里外就是县城。媳妇的意思是在县城买房子在县城住，住在这与世隔绝的矿上，就算原本是个花喜鹊，也给你染污成乌鸡婆了。

昝学武觉得，媳妇的突然变化和丈母娘有关，丈母娘来看女儿，住了几天，越住脸越难看。昝学武白天下井不在家里，不知丈母娘都给女儿说了一些什么。丈母娘一走，媳妇就换了个人一样对矿上嫌恶起来了，好像矿上就是个犯人住的地方。咱们的吃喝花销都是从矿上来的啊，昝学武赔着小心说，能当上矿工都是运气，人家门槛高着呢。媳妇好像在这些方面并没有多少自己的主见，但显然她受她娘的影响很深，如果不使出一些手段闹出若干动静来，她好像对她的娘无法交代。你就在家里好好闲着就可以了嘛，又不让你做啥，昝学武说。媳妇说，人又不是个树，闲闲地站着腰还疼得很。她对昝学武说，必须想办法在县上找个落脚点。昝学武说那你去了县上，谁给我做饭啊？媳妇说，你没媳妇的时节天天不吃饭饿肚子吗？咱们在县上弄个地方，我在那边也干个啥，你可以两头跑嘛。昝学武没想到好日子这么快就变了味道，他有些抱怨地说，不知道谁给你教的，原本你没有觉着这里不好。我现在觉着不好了，我会越来越觉着这里不好，媳妇满眼泪花说，这么看一些黑乎乎的井，那么看一堆黑乎乎的炭，再没个啥看的。看着媳妇这样子，昝学武的心思也起变化了，原本媳妇要是对现有的生活满意，昝学武会觉得自己的日子和皇上也差不了多少，现在媳妇给出了差评，昝学武就重新审视自己的日子了，同时觉得对不起媳妇很多，觉得还是要设法满足媳妇的要求的。他请求媳妇给他一些时间，毕竟在县上买房子需要钱，钱不是一时半会就会有的，媳妇说，那我先回娘家去住，等咱们县上有了房子我再过来。媳妇说这些话的时候，显出一种背书学说的样子，昝学武就知道她是在学谁。丈母娘要是干涉起女儿女婿的生活来，这日子就没法过的。

一天昝学武下井回来，不见媳妇，冰锅冷灶的，而且屋里也有变化，媳妇用的一些东西，比如衣服、梳子、镜子等等，都不见了。昝学武觉得像下井塌方了那样，甚至比那还要不堪。已经和媳妇两个人睡惯了，一个人可怎么睡？受不了这冷清和缺失。昝学武请了假，连夜去丈母娘家了。开始丈母娘还装作不知就里的样子，看昝学武要急出病来了，才承认女儿就在家里，但是见不着，等把女儿提的要求满足了，不用来叫，主动就回去。昝学武想问你女子的要求你咋知道，想了想还是没问。要和媳妇搞好关系，就得把丈母娘摆在一个比媳妇还要重要的位置。男人一生的一个考验和折磨就是：到丈母娘家领媳妇。

刚开始，十天的时间里，昝学武来领了三次媳妇，都是无功而返，而且媳妇给丈母娘藏在了哪里，昝学武见不到人不说，连个声音也听不到。就这样一次次来领不回媳妇，终于弄到昝学武心里埋了炸药，屁股上带着刀子来丈母娘家了。

说来真是始料不及，就是约好的也没有这么方便，这一次屁股带刀气势汹汹的昝学武，连丈母娘的家都没进，就把媳妇领回来了。是这样的，昝学武进了村子，往丈母娘家去，他真是思虑太深了，时刻在做着策划和准备的缘故吧，前面一个女人在巷子里走着他好像都没有看见。也许不曾想到世上会有这样的方便事吧。想不到的事就不容易一时看进眼里。日头刚刚偏西，巷子里落着窄窄的一绺墙影，女人的脚走在墙影里，上半个身子在阳光里。等昝学武发现那前面走着的就是自己的媳妇时，他的心像被猛兽突然咬了一口，好像后面谁推助着他使他停不下来那样，他用一种夸张而又小心的姿势跑上前去，一把从后面紧紧地抱住了她。媳妇当然吓得不轻，看出是昝学武时，媳妇说你干啥，放开我。但是她并没有喊起来，她的声音明显收敛着。看得出她并不想惊动别人。媳妇的声音和味道使昝学武几乎落下泪来，他舍命地抱着她，此刻就是有无数个野狗来咬他，他也不会松手的。他像热昏了那样叫着媳妇的名字，他说赶紧跟我回去，想死我了。媳妇说，我给我妈都没说一声。昝学武不敢久留在这亮得人眼前发黑的村巷里，他抱紧着媳妇的一只胳膊就走，拖着她小跑，给她说，房子的事他准备着呢，先回去再说。媳妇被他拖得小跑着，喘了气说，她要给她妈说一声的，不然家里会着急，然而就这样说着，两个人出了巷子，完全置身于阳光下，日头饶有趣味地看着他们，两个人连体人那样，跌跌撞撞地跑出村子跑得不见了。好像连高高在上的日头也看不到他们在哪里了。

长话短说，路上找了个相对隐蔽的地方，两个人就着急忙慌地好了一场。回到矿上已经是夜里，群星像硕果那样密集地出来，随便吃了一点什么，两人又赤条条睡在一起，直到地禁不住颠簸呼啸起来，他们都不曾完全觉得。当把自己的一部分率直地深送入蜜似的媳妇里面时，昝学武也一次次把媳妇的舌头吃进自己嘴里，好像怎么吃也吃不够似的。直到屋顶呻吟着要掉下来，这一对还在他们如火如荼汗水淋漓的欢好里。

据徐家汇观测台地震记录《1920 年 12 月 16 日大地震的概述和评注》（以下简称《概述和评论》）：“在与甘肃陕西交界的四川北部，也就是广元旺苍一带，地震时发生巨大裂缝，当时的目击者对神父讲，有一千多人被裂缝吞噬和活活地压死在房屋下，而后这里就形成一个湖泊，但水是灰黑色的。神父在来信中写到，由于大量地开采煤层和硫黄，使得这里的地下不稳定了，这就说明，一个很多废墟的地区，不一定就是震中区。”

该《概述和评注》还顺手记了这样一句：“有某夫妇被压粘成一片，力拆不开，因合葬讫。”

2019.10.4

胡文举

虽然已经攀联到九个人了，七个人已经交清了出行费用，但胡文举还是想把密宁生约上，之所以想约到密宁生，主要是因为密有一辆三马拉马车，如此去来的交通工具就算解决了。另外密这个人下过南洋，见多识广，而且好说道，有侠气，有他在，一行人好像多了个主心骨，有了底气，就是那句话，不在于出行，在于和什么人出行。密又是热心肠的人，好充大，爱管闲事，一个群体里，实际缺不得这样的人的，有这样的人在，大家不必过多操心，听他吆喝就是了。什么交涉啊、应对啊、打头断后啊等等，好像不容分说就落在了密宁生这类人头上，而且他们也绝无怨言，责无旁贷似的。一句话，请到密宁生，就像请到了一个尽职又不须花钱的管家兼保镖。

但是怎么请得动？胡文举已数顾茅庐了，真是请一个大人物似的。条件是密给大家解决交通工具即可，去来费用，一文也不必再出。但是密宁生总是说他有别的事情，几个月时间抛扔在这么个事情上，他是不能不慎重考虑的。有一次胡文举几乎把密宁生说动了，胡说甘肃那里是伏羲诞生地，有许多可以观览的地方，黄河、麦积山、石窟、清真寺等，少数民族如回族、藏族、东乡族、撒拉族、保安族等，咱们去不仅是考察地震古城，连带还可以看许多，尤其是，西北一带多文物，你比如这地震震出的古城，自然有无数宝贝在其中，甘地人愚钝保守，见货不识，而且让地震搞得人心惶惶，活下来都不易，自是无心他顾，即就是古城里的宝贝被当地人收去，我们也可以买来嘛，给个比买土豆稍高的价钱就可以了。如此一来，不只我们观览风光，考察古城，还可以识宝得宝，满载而归，何乐而不为呢。说得密宁生有些动心。但最终他还是在心里反复权衡出了一个结果表示不去。他说你们去吧，我还有我的事情，再说你们现在人已经不少了。不管有多少人，只要缺你，就是群龙无首，你是诸葛亮唱空城计，一人顶千军万马，这样的话胡文举都说了，密宁生害怕被说动似的，忽然快刀斩乱麻那样摆摆手，表示自己去不了，不是不想去，而是去不了，密宁生为自己辩解着，要让家里的车出门几个月，而且那么远的地方，我一人说了也不算，还得和家里商量商量，而且家里的药房也得照看。

胡文举知道这都是托词，药房早就交给他的小儿子打理了。

穷途无计之际，胡文举只好拿出最后一招，把自己的老婆带去见密宁生了。如此出手，是因为他知道密宁生很喜欢他的老婆谢小琼。密宁生家有一个祖传药房，谢小琼去抓药，正碰上密宁生一个人在店里，谢小琼的慌乱和要买妇科药等等都使密宁生格外动心，但也只是如此而已，别人的老婆，你动心是可以的，不可以再动别的了，在这样的事情上容易弄出人命来的。胡文举当然知道自己的老婆被人惦记着，然而为了使自己所谋得成，他没想到自己竟然可以打出这样的底牌来。实际他过自己这一关都不容易，还要过谢小琼这一关，果然谢小琼一听胡文举的提议显得很吃惊，要重新认识胡文举了似的。她的神情很复杂，好像她和密宁生之间真有说不清楚的什么似的。她的表情甚至让胡文举一时有局外人之感，就好像密宁生和谢小琼已经形成了某种秘密关系，而他胡文举却在这个秘密和关系之外。但是谢小琼还是不大愉快地说，亏你想得出，要去你自己去,喊我干什么。胡文举要的就是谢小琼这态度。胡文举说，你不要想多了（这样的事情里，其实大家都容易想多），其实很简单的，请密宁生去，主要是要用他的车，不然一路仅交通一项就得花多少冤枉钱。胡文举给谢小琼算了一笔细账，去来一趟，所赢利益可以在繁华地段买两间店铺。这样一算，谢小琼也动心了。胡文举所从事的事情，类似于后来的旅行社。

于是一起去找密宁生游说。胡文举心思怪异，忽然觉得自己近乎皮条客似的，这真是有些下作了，既已如此，那么试问自己还有什么事做不出来？然而其实并没有做什么啊。但觉得已经做了很多似的。胡文举谢小琼的一并到来竟使老成持重的密宁生多少有些慌张，好像这一对上门来问罪似的。胡文举这边却觉得这对男女暗有交通，自己有一种当场被蒙蔽被隔离出来了的感觉。这使他觉得孤单恓惶,打落牙往肚里吞似的。谢小琼自始至终什么话也没有说，她甚至在他们说话的时候腾出自己来去看别的。我要是收到啥稀罕宝贝就转给你，胡文举说。他竟有些恶作剧似的暗示，谢小琼也要去的。他说这话的时候，留意着要看看密宁生的反应，但是密宁生好像门外有谁喊他那样张望着了，其实并没有谁喊密宁生。密宁生说，好，话已经说了好多遍了，事情就是这么个事情，他再考虑考虑，和家人再商量商量，尽快回个准信过来。

看样子，事情有了转机。

从密宁生那里出来，走了一大段两个人都没话。两个人的样子像要去离婚似的。旁边有个饭馆，胡文举提议去吃个便饭。谢小琼说，谁给你讲了我要去？我不去。胡文举愣了一愣，说，你不去不行，你必须去，话都说出去了。谢小琼用表情表示着她不会去。胡文举觉得自己像鬼那样笑着说，你要不去，今儿咱们就白来一趟。谢小琼说，你再这样说我就要骂你了，不来你叫来，来了你又是这话，怎么着你才满意？胡文举进了饭馆发现谢小琼没跟进来，出来看，见谢小琼已经走过饭馆去了，谢小琼连背影都是诱惑人的。多了个喜欢自己老婆的人，而且这人还多方面强于自己时，胡文举觉得自己在老婆身上费的功夫也多起来，好比从饭馆出来，寻找和端详老婆背影的眼神，连他自己也觉得异样的。一句话，这就不是纯粹的看老婆的眼神。好在密宁生一个半大老头子了，就算折腾，又能折腾出来什么，何况他胡文举又横在中间的。他惭愧而又落寞地笑了笑，觉得自己成了很复杂的一个人。

因为胡文举的催促，过了不多几天，一行人就乘着密宁生的马车从广东梅州出发了。除了胡文举夫妇，还有两对夫妇。这一行人是要去往甘肃看古城，说是甘地大震时，震出了一个千年古城。那时候海原大地震过去了已经有三个多月快四个月。春暖花开，马甩着尾巴摇动铃铛的声音使人觉得天清地宁，万物欣欣。

果然一上路密宁生就习惯性地显现出了后勤组长的样子，比如一个女人悄悄表示她需要方便一下，密宁生不知怎么听得了，赶紧让停车，并且在那有些木然的丈夫后面轻轻蹬了两下，让他陪着老婆同去，“小心出来个兔子把你老婆吓着”，密宁生的幽默使大家都笑起来。

关于海原大地震震出古城的事，在多份资料里看到过，比如《中国民报》1921年4月11日刊文说：“甘肃靖远县行政公署昨来快函，略谓靖邑震后死伤人数约三万余，损失财产一时难以估计。最奇者，县属某村现出古城一座，高五丈，宽约五百亩，四周并有炮台，惟无堆堞云。”此为一家之言，而且报纸历来总喜欢刊载耸人闻听一类。更为可靠的信息应来自当时深入震区走访的学者谢家荣先生，谢家荣先生在其《民国九年十二月甘肃地震报告》里说：“地震后喧传，靖远因山崩发现古城。一时京、沪各地颇有信以为真者。且有广东某君，拟组织一远征队往探其地。余在兰州曾询及该处福音堂，据云曾派人往查，实无其事。其地在靖远东南一百七十里……所谓古城，即震后壅起而成之土堆，土堆作不整之长方形，高若干，宽若干，长若干，其北端有缺口若城门，遂一时喧传为古城云。”

2019.10.4

舅太爷

1999年，我在鲁迅文学院参加为期四个月培训的时候，河南诗人梁捷兄听说我是宁夏海原人，就说海原这个名字他是知道的。一般知道外省某县的人是不多的。都说知道宁夏的人都不是太多，张贤亮先生曾抱怨他收到的信上写着“甘肃省银川市”云云，实际银川是宁夏首府城市。银川如此，遑论我的家乡海原了，海原县城一带至今没通火车。梁捷说他之所以知道我县的名字，是因为他早就熟知和我老家相关的一个故事。

梁说他有个舅太爷，没上过什么学，然而学问很好，说来都是自学，尤其写得一笔好字，开封甚至有他写的店铺名。没有固定工作，偶尔在有钱人家当当家教等。生活清苦，自视不低。有人看他风度气质，建议他开个算卦的铺子，肯定比当教书匠强很多。他不为所动。总之他那样的人，好像也不必有很多钱就可以过日子的。书生自有书生适合的日子，不足为外人道。羲皇上人啊、先生春睡足啊、坐看云起时啊等等，是他们这种没钱人过的好日子。

说到花钱，有一项，于梁捷的舅太爷而言，花钱不少的，就是看戏。不是露天戏，是大戏院子里的戏，进门得买票的。看戏的人里，绝少舅太爷这种收入和身份的人。但舅太爷还是去看，说舅太爷去看戏，不如说他是去看人。当然对戏舅太爷也是喜欢的。后来舅太爷暗暗迷上一个演员后，他看戏的频率就高起来，凡有那个演员的戏，他都要去看的。这肯定会使生计吃紧，也不知舅太爷是怎么挪腾着的。舅太爷喜欢的这个演员，是男人女扮，除去戏装，他甚至和舅太爷多少有些相像。但是一着了戏装，一现身戏台，一唱一念，一颦一蹙，那就全然一个女人的味道了。舅太爷迷这一点迷得厉害，蜜蜂落进蜜里那样深度沉溺。舅太爷字写得好，也能画几笔，画了许多那人的戏台速写。要是换个人，这样的用情，早就贴上去了。或者是要把自己画的画献上去以表心意。最少也会寄去让人家知道这份心思吧。但舅太爷只是在自己这厢忙乎而已，那演员甚至不知道观众席里有一个人专是为他而来，把别的演员的辛苦演出略而不看，只把眼睛和注意力全放在他身上。舅太爷没有画过一张那演员的非戏装画，看来他确实只迷着戏台上的他。过于痴迷的观众对演员而言有时候也许是可怕的。如果那演员在众人中清晰地看到舅太爷的眼神，也许他就演不下去了也未可知。过于强烈的喜好里都有着浓重的药味。

地震那天，日丰乐园的戏单里有《窦娥冤》，正是那人主演。舅太爷悄悄坐在观众席里，擦了擦自己的眼睛，以便看得清楚。正演到悲切处，窦娥哭得整个戏场里都有了灵堂的意味，忽然头顶的大灯晃摇起来，座椅也像是被粗暴的力量动摇着。有些人已经站起来了，有些人已经摸黑往楼下跑，怎么了？土匪来了吗？警察来了吗？还是流氓滋事？看上演员的势力人物抢人来了？总之一片乱哄哄。舅太爷置己度外，他在关心着台上的人，想着是否上去给他一个保护和安慰。但那演员好似还在戏中，眼看他甩着青烟一样的水袖，落花散叶那样倒在戏台上了。

那一阶段到处学生闹事，商人罢工，经常看到一队警察跑过街头或者冲上楼梯。都以为是这样的事。等搞清楚原来是一场有惊无险的地震时，不愿意花钱只看半场戏的人又纷纷坐回原位。但是戏院老板拱手道歉说，请各位尊者谅解，因突发意外，需要临时换戏。换作了《三岔口》。文戏换为武戏，戏台上气氛完全变了，然而这就等于一场戏的钱看了一场半戏，这还是划算的。只有一个人嗒然若丧心神不宁，只有舅太爷眼巴巴在台上找他想眼看的人。舅太爷不愿看什么《三岔口》。他既不愿意看戏又不愿意离开，戏只演了半场，忽然就不见了，这使舅太爷不安，他想知道一个确切消息再回去。

稍后舅太爷得到的消息是可怕的，他钟意的演员死了。原来那演员有心脏病，吃这一吓，当场就死在了戏台上。实际“她”（舅太爷眼里一定不是他而是她）死的那一刻舅太爷是亲见了的，舅太爷以为“她”还是在演戏。

事情没完。真是想不到会有这样的戏迷，真是想不到舅太爷喜欢这个演员到了这个程度，过了大概半个月左右，舅太爷扔下老婆孩子，跳水自尽了。都想着活得好好的何至如此。从舅太爷的长衫里掏出一个布袋，布袋里就是他给那演员画的画像，这就等于告知了他的死因。亲人们还要抚着他的尸首大哭。真是太不负责任了。

2019.10.6

神父罗布思

海原大地震那天，河北威县高公庄乡草楼村神父罗布思一天内竟然主持了三个忏悔和一个受洗。罗布思领会这是主的恩典。须知高公庄乡的教民还不超过四十个，有时候十天半月也等不来一个忏悔者。罗布思觉得，比较于他们这些洋人，中国人是不好在神面前忏悔的。唯忏悔者得主欢喜，每当做弥撒时，罗布思总要这样强调，人因犯罪而来，为领受主的恩典而来，忏悔是主给人的最大恩典，人们怎么可以不及时充分地利用这一恩典呢？

然而那天不知怎么，竟成了一个收获的日子，罗布思刚刚喝完早茶，默诵了一段经文，他的门就被轻轻敲响了。

一个六十多岁长着很少一点胡须的人来忏悔。罗布思像迎接报喜的喜鹊那样把他迎进屋来。这人有严重肺病，喘不过气来的样子。他担心自己不久于人世了，于是就来当着神父的面向大能的主忏悔一个事情，那时候他还年轻，父亲得了重病，因为父亲和小儿子也就是他的弟弟住在一起，向来对弟弟多有偏心，他于是心存芥蒂，没有在父亲有病时尽力，比如他暗动过心思，把家里的那头牛卖了给老人医病，但直到老人睡在了棺材里，他的牛还在他家里。当时也不觉得什么，慢慢地就感觉心里沉重了。心里越来越重，像一块石头把他压着。父亲啊，自己的父亲啊，在痛苦无救中，他的儿子连一头牛也不为他舍得吗？父亲离世的时候还算年轻，几十年来他都觉得父亲疑问的眼神看着他，好像在辨认他是不是自己的儿子，似乎在自问他怎么生了这么个儿子。罗布思神父认为这样的忏悔真是太必要了，不只是你的父亲等着你的这样一个忏悔，至仁主也等着你的忏悔啊。忏悔者的那一小撮胡须恭敬地翘起着，这是因为他下巴用力了的缘故。人在表示一个悔意和决心的时候，往往咬紧着牙齿，这就会使得下巴那里显出力道。忏悔人把个大包袱丢给了罗神父似的，把罗神父从袖管里出来的指尖儿亲了亲，就抹着眼泪走了。罗布思望着他的背影远去，也帮他祈祷着，希望他能得到主的恩典，喘气不要这样厉害。罗布思觉得如果说这个人是一头耕牛变成的，或者是一只被去了势的公羊变成的，他是很容易相信的。他觉得自己心里有一种很不好的东西，根深蒂固，难以清除，就是无来由对中国人有些轻视，罗布思甚至觉得这是一种心疾，使他深感不安，亟须医好的。他也为此常做忏悔。好在他是一个神父，不但要针对别人更要针对自己。他觉得他可以把心里的轻视转为一种更大更深的怜悯，不然要你来这里干什么，这不是更需要你的有所作为吗？教民们从来没有感觉到罗神父对他们的丝毫轻慢，他们甚至觉得不再指望别的上帝，上帝只要是罗神父这样子就好了。你们是搁置在暗中的灯盏，就缺个点灯之人，我就是来点亮你们的，罗神父给教民们这样讲过。罗神父略感失望的是，入教的教民很少。他们像看着权贵那样看着他和他的事业。像承认权贵是好的那样，承认罗神父和他的神也是好的，但是这种好和他们无关；还有一种就是即使入了教的教民，比较于听取上帝的福音，他们显然更喜欢得到一点具体的好处，比如从教会得到一些钱粮资助等，这总是令人不能不遗憾的，使罗布思神父困惑，不知道教民终究是受了上帝的感召还是为蝇头小利所诱惑。然而神的路是窄的，就是修习经年的神父也会滑入歧途，何况普通教民，何况中国教民。铁树开花一千年，慌急不得。所以只要能入教就已经是可喜之事了。没有不好的教民，只有不好的神父。要是教民已经踏入门槛你还不能留住，那完全就是神父的问题了。所以近十年时间劝化到不足四十个教民，罗布思神父依然觉得这是一份了不起的成绩，就比如在成群的狼里，劝化到三五头狼转而为羊，难道说这是不足道的成绩吗？罗布思神父觉得就算是用施以恩惠的方式把中国人引进门来也是可取的。事情是分阶段来做的，很少一蹴而就的事情，何况这样的无与伦比之事。罗布思神父觉得自己做的是天下第一等的事情。如果牺牲自己可以使二十个中国人忽然蒙恩，答应入教，那罗布思神父是很愿意彻底奉献自己的。

后来又来了两个忏悔的。

上午十时刚过来了一个。

午后罗布思神父坐在椅子上小憩时又来了一个。

一个人是被家人用独轮车推来的，他右半个身子瘫痪了，脸就像深秋的树叶子。看样子不到三十岁。他让家人出去，他要单独向罗神父忏悔。忏悔都是单独的。如果需要当众忏悔，那忏悔者会少掉大半。这人忏悔的事情是，曾经，他是一个牧羊人，年轻冲动的缘故，欺负过一些母羊，曾经非常恐惧于母羊生下怪物来，现在随着年岁增大，命运坎坷，越来越想到这样不堪的往事。说出来吧，给神说出来吧，惩罚是已经领受了，愿意匍匐在地上求饶恕，愿在上的主看在年轻无知的份上，给自己的命运一个转折和变化。罗布思神父把自己的半块面包让忏悔者吃了，说你不说主也是知道的，但你说了就做了你应该做的事，有些事情听来是可怕的，耳朵上挂门帘不愿听，但上帝是至为宽宥的，他所造者因诱惑犯罪，他是明晓人的一切的，他是能于一笔勾销的。忏悔的年轻人用一种贫弱的样子笑着，好像他的笑容是从一面老镜子里被看到的。他说，我一直活在不安之中，到你这里，我心安静了，我多么想此刻死在这里，这样就不必到别处去了。总之入了教的人耳濡目染，都有一套特殊的语言。罗布思神父用经典把忏悔人的没知觉的半个身子细致地擦拭了一番。

忏悔者坐着独轮车离开后，罗布思神父难掩欣喜，当即写了一封类似心得方面的信准备寄回家乡，以这样的心情来写信的机会确乎是不多的。

过甚的情绪使罗布思神父有些困乏，他吃过饭坐在椅子上假眠时觉得好像有动静，睁眼来看，果然透过阳光照着的门帘看到一个虚虚的身影。他请他进来。那人看着装言动，都是一个有点身份的人。罗布思神父当然认识他。他开口就有些急迫地说他是来向神忏悔的。罗布思神父明晓一切的样子说，忏悔总是不晚的。那人说他主要是来忏悔室坐坐，他商量的口气和罗布思神父说，能不能允许他不出声，在心里忏悔。罗布思说，忏悔就是要说出来，说出来表示悔罪的诚意，不说出来的忏悔是不彻底的。那人难为情地看着罗神父，好像他的事确实不好说出来。他走后门那样一副巴结的样子对罗神父说，忏悔吗，有各种各样的忏悔，你在神那里恳求一下，就允许我在心里说说就行了，反正无论如何我是对着神说的。他说着掏出两块银圆来搁在桌角上。罗神父说，虽然神是彻知的，但你不说出来就完不成忏悔，忏悔是需要你亲自说出来，不是神需要知道，而是需要你自己说出来。那人不大相信地说在心里忏悔不算吗？要你说出来，说出来于你有好处，罗神父说。那人看着罗神父，好像罗神父不给他面子和方便，好像一切都在罗神父，上帝不过是个幌子而已，就像有些看门的，死拦住你不让进，好像放你进去就要杀他的头，换一个人不吃他这一套，硬往里闯，也就闯进去了，也并没有什么大的麻烦。那人磨缠着，让罗神父网开一面。罗神父像看着很远处的一个人那样看着他，不容置疑地摇摇头，表示这样的忏悔是不可以的。忏悔是对上帝的一份心意，是对自己的一个解救和解脱，罗神父脸上显出恳切来，交心交底那样说。罗神父让自己离那人近些，好让他看到自己的脸和眼神。罗神父说，神是能听取一切的，没有什么话不可以对神讲，你讲出来，就等于把你里面的病拿到外面了，就不是你的病了，这样的事你也不愿意做吗？那人好像给逼到了死胡同里，但还是捂紧着口袋不给人看的样子。他有些凄然地笑着说我本来以为可以这样忏悔的。他低头想了一会儿，想通了似的抬起头来对罗神父说，那好神父，看来我还没有做好准备，再过几天我再来，按您说的忏悔。忏悔有时，罗神父说，愿你尽快再来。那人重重地点了点头，就要离去。罗神父让他把他的银圆拿上，那人仓皇地摆摆手，就出去了。门帘被小风吹动着，因此看到光影在门帘上的变化。罗神父望着桌角的两块银圆，好像不清楚拿它们该怎么办。

好像把许多天的事情都集中在这一天来了。黄昏时候，罗布思神父正察看着炉火时，又来人了。

来的是娘儿俩，孩子有个六七岁的样子，头前梳着一小撮头发，像是很轻易就可以被剃去。脑后垂着竹筷那样一根细细的辫子。他总是习惯于把手指咬在自己嘴里，看起来身体不是很好。一个就是他的妈妈了，身着旧而干净的衣服，好像大户人家帮工的女人，能干又很自尊的样子。她是带孩子来受洗的。她和婆婆早就入教了，但丈夫还在观望着，有时候甚至会干涉到她们婆媳的教门活动。正好丈夫有事出远门去了，婆婆觉得这是个机会，就提议赶紧把孙子领去受洗。孩子身体不好，就是得不到神的眷顾吧。婆媳俩在这个事情上高度一致。探看到丈夫确实走了，女人就把孩子领到罗布思神父这里来了。受洗完毕，罗布思神父忽然给了孩子一个银圆，女人却之不恭，只好收了。然后听罗神父的一些叮咛之语。正说着，忽然炉子上的一个小茶壶动起来，滑到边上要掉下来，同时那垂首聆听着的孩子像被谁推了一下，撞到墙上。罗布思神父一把拉住他，觉得自己有些恶心气短，看那女人时，也转过身捂着胸口了。

地震了！罗神父惊呼一声，用眼神招呼着女人，一把抱起那孩子出门去了，他的大步走动使他的黑袍吃紧着，几乎要裂开来。女人也紧跟着出来。

好像已有了夜影。弯月片纸那样挂在半空，像被谁突然惊扰了似的，保持了镇静看着。

2019.10.6

Dvanha 号客轮

1920 年 12 月 16 日 20 时刚过，自上海至香港的 Dvanha 号客轮正通过汕头外海时，忽然强烈地震颤起来。比较于陆地，夜影更早一点落在海里。但见海浪在无边的夜影里静缓深沉地浮荡着。从海水看，看不出客轮为什么震颤，而且震颤得如此厉害，就像船身通过了巨大的电流似的。确实不少人有一种被电击的感觉，在突然的震颤中有一种麻痹和昏昧了。

当时人们已吃过晚饭，享受着饭后的余暇时光。有人闲聊着，有人用不大的声音吹奏着口琴，有人抚摩着肚皮在甲板上信步来去，有人在第二层船上凭栏观望。海域辽阔的原因，看不出客轮有多快，实际速度是不慢的。如此一个巨物行进在暗沉沉的海里，使海水不能不显出强烈的激情。看见海水在船下鼓足了力气送船远行，闪着亮光的水浪像神秘到令人惊惧的花朵那样，旋开旋谢，开谢无数。如果盯着船下的水花看，那么船忽然间震颤起来会是很自然的，好像从一个音节自然地过渡到另一个音节。在如此巨大的运动中，人们对动静强弱的感受是多少有些模糊的。然而一种持续的强烈的震颤还是让人们觉到了异样，觉得在发生着什么了。人们随船身震颤，看到整个海面也是跳荡着的了。已经有人在惊叫了。碰到大鱼了吗？还是碰到了不明漂流物？有人从二层跑到了一层，有人正好从一层跑上来，都想着能看得更加仔细。在莫名的危险和不安到临之际，即使在一个固定的范围内，人们也往往习惯于动来动去，很难静守在一个地方不动。只能说这是一种本能。就像困在屋子里的麻雀总要做徒然的飞动，不停地从一面墙飞到另一面墙，不停地撞在屋顶上，再撞到窗子上，在空屋子里静静待着不动的麻雀是很少的。口琴声、聊天声都没有了，变作了鸟窝里捣了一扁担那样的声音。全是声音。听不清这些声音都在说什么。有人叉开腿，用了力气站着，抓紧着扶栏，似乎担心自己一不小心跳下船去。人是多么地容易成为惊弓之鸟，刚刚还气定神闲一切都好像可以置之度外的人，忽然间就成了热锅上的蚂蚁。忽然间就都成了这样。好在浮荡无定的海水都在船外，如果海水要涌来船上，会见到怎样的情景？会听到怎样的声音呢？人的范围和界限实际上是很容易被打破的。

这样子过了有好几分钟，那种强大的电流好像离开客轮去了，船慢慢又恢复到正常的行进状态。同样慢慢平复着的还有整船异样的心跳。过去了，不管是什么原因，无论是什么事故，反正是过去了。过去了人们就可以恢复成原来的样子。都纷纷说起方才的惊魂一刻。到底怎么一回事？也没有人出来说说方才究竟是怎么一回事。众声嘈杂，说到各种猜想。关于碰到漂流物和大鱼的说法，有人即刻就给予了否定，说要是被碰撞就不会是那样一种震颤感。有人就提到了海啸和地震，但是海好像并没有什么大变化啊，除了客轮的行进声也没有听到海啸的声音。这时候总会有许多的玄学猜测和学术探讨。海面加重着夜色。就近看，海运作不息，没有一刻消停。夜浪的明暗交错和浮沉无定使人心肃重静穆。从一时危境里出来的人总有一种难以言喻的感觉，清晰又混沌，神秘因素的原因，此种感觉并不强烈，但确是有的，给人一种适当的提醒和照顾。经历困境够多的人甚至借此可以多一些对自己的认识和对神的认识。

好像从坎坷小路终于转入了宽阔大道，客轮开足了马力行进在夜海里。充满了无数细微动静的夜海在其整体上又显得宁谧可亲。人们心里的安全感如数回来。海面上空的星星似乎比陆地上更多更亮似的。似乎对着夜空喊一声，就会喊落一些星星来。

像是和天上的星星呼应似的，忽然间每个人手里都有了一束烛火，在比核桃大不了多少的小碟里盛着，夜风摇动却不至于熄灭。原来是一个女人死了丈夫，正扶灵回家。刚才的那个大震颤，使她想到可能是她的丈夫长途颠簸，魂灵不安，因此买到烛火，送与众人，祈求众人帮忙，在这个终于宁静下来的夜里为她的丈夫祈福致意。众人的力量是单个的人所不可比拟的，同样，经由这个活动，活人从逝者那里也可有所获益。

听到船上有一个死人，不同文化背景的人心里的动静是不一样的。然而大家手里的烛火总是一样的。有人走到船尾，把烛火轻轻放在激流旁边相对安静的海面上。像受到启发和点拨似的，船上的人们列队依序来放烛火。在浓重的夜影里,几乎看不清人的面孔,摇曳不定的烛火还不足以照亮人脸。

客轮像吃足了夜草的马一样放蹄奔行，刚刚脱手的烛火一下子就被拉开距离，像来不及做过多的寄托和叮咛似的。在一意向前的小山似的客轮和越来越远、好像怎么追也追不上的点点烛火之间，究竟存有着怎样的关联和信息，是不容易说清楚的。说不清楚的东西最值得感受领会。

时间稍稍流逝一些再来看时，就发现那像世界一样热闹的客轮已不知驶向了何处，只余了茫茫大海和无尽夜色交合融汇在一起。

2019.10.7

鲁迅先生

有翔实而又可靠的资料是重要的，没资料简直什么也做不成。我尽我可能搜集鲁迅先生在海原大地震那天的活动经历，但好像专门和我作对似的，关于那天的鲁迅先生的信息，无论从鲁迅先生自己的书信、日记、著作年表，还是对鲁迅先生的种种研究资料里，都得获不多。朋友白草向来是我有困惑和需求时都习惯于问问他的，他也写有研究鲁迅先生的一本专著，但是地震那天鲁迅先生都做了什么，写了什么文章，尤其是那天上午的相关信息，白草也突然遇到了难关似的，提供不出什么了。

之所以说到鲁迅先生，因他是记录海原大地震最早的人。

只好从午后说起。午后，鲁迅先生去京师图书分馆寻宋紫佩还钱，宋代为鲁迅先生修缮书籍，花钱一千文。借钱还钱的事，鲁迅先生都在日记里写得分明。从鲁迅先生的日记看，他是常常借钱于人的，比如仅 1920 年间，仅向齐寿山一人，借钱就达十多次。

鲁迅先生领到工资的第一件事，就是还钱，譬如宋紫佩垫付的一千文，也要及时还给，也要记在账本甚至日记里。给齐寿山还钱，有时一并还要加上利息，比如1920年2月9日的日记里就写到“下午收一月上半月奉泉百五十，还齐寿山所代假泉二百，息钱十一元七角”。二百块钱利息十一块七，可见这利息之不低。向宋紫佩借钱，多系小数目，最多的一笔是六十块，可见宋紫佩也不是有钱人。但如鲁迅先生者肯于和人借小钱，足见得二人关系。有文章说，鲁迅先生终生挚友二人，一为许寿裳，另一位就是宋紫佩。从鲁迅日记看，有时宋紫佩天天来鲁迅家，有时鲁迅天天去京师图书分馆宋紫佩那里。即使频频见面，二人还书信不断，有时二人上午见面，下午又收得对方书信。爰举一例，1920年9月10日日记说“晴。午后访宋紫佩”，第二天，也即11日日记又说“昙。午后访宋紫佩。假泉六十。夜雨”。二人关系如此。宋紫佩和鲁迅系同乡，又有师生之谊，刚开始的时候，二人并不交好，甚而站在对立立场。后来当然好了。鲁迅就此常对许广平说：“我觉得先同我闹过，后来又再认识的朋友，是一直好下去；而先是要好，一闹之后，是不大会再好得起来的。”许广平在给王冶秋写鲁迅先生的一本专著的序文里说：“（先生和宋先生）一同在北平做事，以同乡而又学生的关系，过从甚于亲属，许多事情，先生都得他帮忙，一直到现在（指鲁迅先生去世后的日子），他的母亲，还时常得到宋先生的照拂。”鲁迅先生在上海去世的消息，也由许广平拍电报给宋紫佩，由宋紫佩持电报报丧于鲁迅的母亲。鲁母闻报，当时不动声色，待送走宋紫佩才放声大哭，之所以一时忍痛不发，老太太事后说“我不能连累宋先生难受”，二人以至两家关系，于兹可见。而且宋紫佩能到京师图书分馆工作，也是得了鲁迅先生的推荐，其时宋紫佩才二十七岁，直到六十五岁去世，近四十年，宋紫佩都是在鲁迅先生介绍的地方工作。这样的人间关系，说来令人神往，由不得多写几笔。

从宋紫佩那里出来，鲁迅先生又去了琉璃厂。看鲁迅先生日记，琉璃厂是先生常去的地方，每年都要花大笔的钱在这里或类近这样的地方，比如1926年就花了四百大洋，相当于现在的人民币近四十万（参看人民文学出版社《鲁迅日记》1976年版）。鲁迅先生所买之物，书籍而外，便是墓志碑拓、残石造像等等，那样凉气森森的东西，和鲁迅先生的气质心境倒是颇相吻合。

鲁迅先生好像一直处于亚健康状态，日记中关于病痛和服药的记录随处可见。逛琉璃厂时，先生以平静却又透彻的眼神看到不少来去的人还留着大辫子，和更换了发型的人有着全然两样的神情和状态。一个貌似武林中人的大汉，站在一家店铺的台阶上和人说话，他的辫子像丰年的庄稼那样给人一种沉甸甸的感觉，显然这辫子他是格外重视的，是他的一个门面和招牌。不用问，这一根大辫子是不好剪落的，不信上去试试。那人好像浑身每一样东西都比人大着一号，比如单看他的脸，就觉得像是从哪里搬来的一方佛头。他的白袜黑鞋的脚最是大得阔气，稳实地踩在台阶上，好像长长的一个石台阶被他这一踩就踩稳了。他一边和人闲话一边解开大辫子，熟练地编紧着，和他说话的人在抬着头看他时显露出敬服的样子，好像无论对方讲什么，他只须频频点头和时时惊讶着就可以了。有些人来世一趟，好像最为拿手的也就这两样，这也使他们成了一种类型化的人，好像他们是同一个母亲生出来的，眼神、表情、脾气、说话的样子甚至走路的姿势看起来都如出一门。

鲁迅先生路过的时候，因那“武林中人”气魄较大，引人注目的缘故，就向他看了一看，使得他也看鲁迅先生了，其时他把他的辫子已编得只剩了一段辫梢儿，他用辫梢儿打着自己的脸，忽然以很粗壮的声音咳嗽了一声。那时候连宣统皇帝在洋教师的训教下，都没有大辫子了。但民间的大辫子还多。据说到 1949 年后还有留辫子的。对于能把一己辫子养护到这个程度的人，鲁迅先生也是多少有些不安的。要是他忽然跳下台阶，拦住鲁迅先生问他的辫子哪里去了，倒叫人不好交待的，打肯定打不过，就是讲，也未必能讲得过，一般有国学功底的人都不容易使人在舌辩方面赢他，所以鲁迅先生赶忙收回眼神，照直走过去了。他的心里也起了些许涟漪。就好像换季节的时候，人们在穿衣打扮方面，会有些拿捏不准，标准混乱，好比入秋时候，有人还穿着夏令的衣服，露着不少的部分在外面，但也有人过于敏感，不过初秋时节，深秋时候才穿的衣服他也穿上了。鲁迅先生看到自己的身影斜在一边，好像在代他探看着哪个店铺可进。实际跑久跑熟了，就总是会直奔一些知根知底的老店铺。鲁迅先生走路，很少左顾右盼，去往哪里他好像总是清楚的，就把那气度不凡的大辫子很快扔到后面很远的地方去了。还见到若干背辫子的，老实说都像不擅经营的庄稼汉侍弄的庄稼一样，和那大脚板的人不好一比。行行出状元，若是来个大辫子比赛，方才所见的那人会得到应有的名声的。关于辫子，仅本年度十月，一月之间，鲁迅先生已经有感而发，写出两篇小说来了，一篇叫《风波》，写的就是关于头发所引动的风波，头发是可以引起相当的风波的；还有一篇，先生干脆就叫它《头发的故事》，关于头发，都已经说了这么多，还有什么可说。实际头发的有无存去和改朝换代是同样的事情。此前不久鲁迅先生还写过一篇叫《药》的小说，在鲁迅先生的嗅觉里，那是一个药味很重、蛮计较头发的时代。

每来琉璃厂，无论多寡，鲁迅先生总有若干收获带回去的，但是海原大地震那天，从先生的日记里看，看不出他那天从琉璃厂买到什么。越是买不到什么，越是可能多跑了一些地方，比如这家无所得，那么去别家看看，总之到书肆古董店淘东西的人都有着大致类近的心态和经历，比如总是希望能花点钱才好，能有点什么收获才好，淘就得勤快些、耐心些，多问询几家，不然漏掉了就会可惜。淘东西的人总有脚步不到有所遗漏的担心。也许鲁迅先生那天跑得多又无收获的原因，沮丧和疲累是可以想见的，后来他甚至觉得有些背痛。脚走路背却痛起来。先生有背痛的毛病。习惯性的疼痛也会造就习惯性的忍耐。先生又是颇擅忍耐病苦的人。小半天的劳碌下来，先生觉得很多的时间流逝了似的。坐着黄包车回到八道湾家里时，已经到了吃饭时候。吃过饭，稍稍活动了活动有些不适的肩膀，刚刚坐在桌旁，想把灯火旋大一些，好看几页书时，忽然觉得地板好似轻轻抖动了一下，以为是来自身体的感觉，身体不好的人不时会有一些异样的感觉，但是看到弧形玻璃罩里的灯火也获得了什么信息似的抖动着，而且受风那样缩紧着头颅。拉上的窗帘也微微震颤着移出一个小缝隙，使人可以看到窗外的夜蓝。但很快就平静下来，好似一个极短的梦境那样。先生把摇落在地上的一支毛笔捡起来，放回原处。又出门看了看。被灯光照亮着的窗户报告着宁静与安谧。奇怪而高的夜空使先生看了好一会儿。当他返回桌边，于落座的同时把烟递到另一只手里，腾出的手拿起笔来，好像有什么犹豫似的，一个短暂的停顿后，先生写下了海原大地震那天的日记："晴。午后往图书分馆还紫佩代付之修书泉一千文。往留黎（琉璃）厂。夜地震约一分时止。"当一个个汉字在先生的笔下像活物那样显露着指爪时，已经安静下来的灯光睁大眼看着，像亲眼看见了一段来自于上苍的信息。

2019.10.9

第三章　后来的事

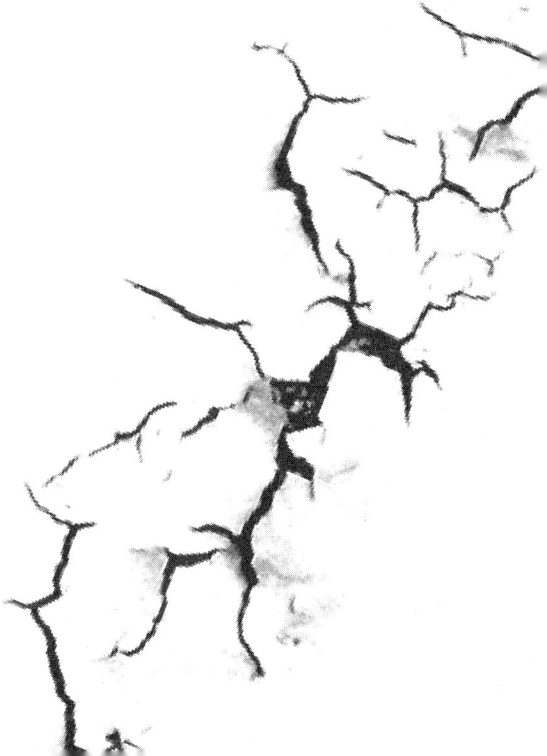

废　窑

徐生元结婚刚三天，就把袜子脱下来，搁在被床子下面，不再穿了。媳妇任由他。徐生元说，长这么大没穿过袜子，穿上不习惯，还是精脚片子穿鞋美当。确实村里的男人们很少穿袜子的。尤其春夏，农活多，不要说没袜子穿，就是有，干起活来水里泥里也是不方便，不可能犁地还穿着袜子吧，不可能拔麦子还穿着袜子吧。而且穿袜子的脚容易脏。媳妇子就要穿袜子的，媳妇子女子精脚片子不雅观。那我给你脱袜子，徐生元说，给媳妇脱着袜子，手指在媳妇的脚掌里挠挠，媳妇就禁不住蜷作了一堆，然后徐生元就借机把媳妇往自己这边拉，只一拉，媳妇的多半个身子已经在自己身上了，就势把身子一倒，脸俯下来的位置基本在媳妇的脸的位置，嘴的位置也相差不离，很轻易嘴就和嘴吃到一起。媳妇说，你要把我压死吗？徐生元于是就翻身下去，把媳妇弄到自己上面，说你以为上面好吗？你以为上面好你就到上面。徐生元喜欢挠痒痒，喜欢在媳妇的腰那里挠一挠，喜欢在她的胳膊下面挠一挠，媳妇竟然那里也是有毛的，摸去像没有，一看是有的，啊，你也有毛，这么多毛，你还是个女的，徐生元一边挠痒痒一边说。他一挠时，媳妇就像敏感的虫子那样紧成一团，而且头往徐生元的胸部那里挤去，好像那里可以躲避痒痒似的。徐生元问她这是要吃奶吗？他嘴里乱七八糟地称呼着让媳妇吃他的奶，媳妇果然吃了，搞得徐生元又把两腿举在空中表示受不了，他咧嘴哎呀的样子表明他的奶被人吃着确实是很不好受的事。他也会吃媳妇的奶，他吃媳妇的奶时，头埋在媳妇胸前，媳妇的一只手在他的身下面，一只手在他的头上抚爱着。他实际上是钻在媳妇的怀里，媳妇的衣襟盖着他的半个脑袋的。这时候一点声音都没有。两个人都极安静。像是达到了一个高度的平衡和满足似的。媳妇让徐生元不要用那么大劲吃，小心真的把奶吃出来。有时候徐生元觉得真的把奶吃出来了，嘴里甜滋滋的。但他们结婚才两个多月不到三个月，媳妇也还没有怀上，奶水实际是谈不到的。

媳妇满打满算有个十七岁，但是个头不低，庄户家出身，里外都能干，一大家人的饭首先要她做，锅要她洗。但她娘家就一大家人的，早就做惯了这些。而且步入了一种新生活的缘故，媳妇做这些洗洗涮涮的事情的时候显出一种朝气来。应该说，新媳妇的到来使整个家庭的气氛为之一变，就好像虽然是同一处院落，但是从冬天到了开花结果的春夏似的。除了做饭洗锅，还要填炕，还要做针线，有时候也还会吹吹口琴子。总之新媳妇忙得没有个闲工夫。但她的脸上是满足的喜悦的。说来人也就这么点好时光，生两个孩子完全又是另样的心境和状态。媳妇每天晚上洗完锅，把开水给老人弄好提到上房里，然后去背静处尿一个，这才有可能到自己的窑洞里来。这时候徐生元甚至等出一些情绪来了，他想着也要对她冷一些让她知道。但很快他就按捺不住，主动攻上去，两个人就又推推搡搡搂搂抱抱缠到一起。有那么一种感觉，就像往烈日下的大石头上泼水，一泼到石头上水就像路过那样很快干了，再泼再干，连泼连干，好像怎么泼水石头也凉不下来，好像怎么泼水石头也喝不饱。睡，我早早起来还要给老人烙馍馍呢，媳妇说。是这样的，老人做礼拜，礼拜下来，就要吃到热馍馍。媳妇就得做好端来。所以媳妇虽然不做礼拜，但两个老人起来做礼拜的时候，媳妇也得起来了，一个人摸黑到草窑里取草烙馍馍，听起来很辛苦，但媳妇觉得日子就是这样过的，媳妇就是这样当的。媳妇忙着烙馍馍的时候，徐生元不是在放心扯他的呼噜吗？再你心劲大了你一个人拾翻去，我睡呢，打柴的比不过放羊的，媳妇说。媳妇果然就睡了。很快就睡着了。有时候媳妇睡了，徐生元还要忙乎半天。真是兴趣大得很。

媳妇还爱干净，被子叠得像永远不用再拉开来。地扫得坑儿窝儿的清清楚楚。她还让徐生元买了些花花绿绿的纸，把窑壁糊了，一天糊一块，一天糊一块，就把那么大一个窑洞糊满了。糊窑顶时，媳妇让徐生元给她搭马驹，就是徐生元蹲下身子，让媳妇踩着他的肩膀慢慢站起来，还不能站直了，站直了太高，不方便糊纸，需要徐生元两手扶墙，把腰弯着，屁股往远处送着。徐生元抱怨说，你一个妇道人家，在我的头上站着，这要让老人看着不得活了。媳妇说，站好站好。徐生元只好站好，一边看门上好着没有，千万不要让人看着。这么着一糊，按徐生元妈的说法，这窑洞就是个花洞洞呀。一言以蔽之，一看就是一对情投意合的新人住的地方。

哪里想到地震后这满墙的纸都成了吃的东西。地震后前半个窑洞塌下来，后半个窑洞因为备了一段基窑，就是双层窑，没有塌下来，而徐生元小两口的炕正在窑洞最里面，所以地震是一点也没有伤到他们。而且不知从哪里透进来的一丝空气，使他们不至于呼吸不够。油灯点着了。想办法要出去。就像是被埋在大山下面，想着怎么弄开前面山一样大的土堆出去。能用来挖土的东西都用了。没吃的东西，吃什么呢？就吃糊在墙上的纸。那是用面浆糊的，可以吃的。糊的时候多么小心，现在是一绺子一绺子撕着吃了。尿尿都喝了，没尿尿了喝什么呢？墙纸吃起来好像在吃土似的。看看身后挖出的土，实在不少了，但眼前的土更多，好像时时刻刻都可以造成你彻底的绝望。我挖不动了，我死呢，媳妇靠在墙根里，蓬乱着头发哭起来。还得挖，不挖咋办？说不定外头也有人找咱们呢，徐生元说。他说着捡起硬土块往里面扔着，这样的劳动只是聊胜于无而已，他也没有力气了。不知道啥时候了，不知道几天了，油灯里的油没多少了，听到油水不足的灯芯子发出一种干燥的声音来，好像它已经到了回光返照的一刻。我不活了，我活不动了，媳妇说。徐生元看着窑顶暗沉沉的墙纸说，我再给你扯点纸吃。媳妇害怕地摇着头，好像再吃这个比死还要困难。我好像怀上了，恶心得很，想把啥都吐出来，媳妇说。窑洞里显得那么空阔，那么冷寂，凡是有光的东西好像都在偷看着，又全然无能为力的样子。即使很小的声音也好像有了回声。徐生元把一卷墙纸喂进嘴里咀嚼着，然后又晃晃悠悠走过去，搂住媳妇，想把一卷墙纸喂进她的嘴里，媳妇使着全身的力气躲开了，她不是躲徐生元，她是躲着要喂她的墙纸，真是吃够了。这时候又是轰隆隆一声，整个窑洞同着窑地都强烈地颤动起来，在外面的土像稠水黑油那样流溢到脚跟前时，油灯忽然像被谁猛地掐了一下，死灭了，整个窑洞里一片漆黑，只有窑顶挂下来的一条看不出来颜色的纸，似被暗风轻轻地动着。

多本相关的书里都记载到这样一件事，说是20世纪70年代中期，各地大搞农田基本建设，在靖远五合镇一带，社员们挖出了一个废弃的窑洞，依稀看得出这是一对新人的住处，窑壁上糊着墙纸，虽然过去了这么久，但还是可以看出各自的颜色，豁豁牙牙，所剩无几，像是无数个老鼠在这里啃食过墙纸。

大家还讨论着墙纸上的花纹。

这都没什么，使大家竞相围观，津津乐道的是一对抱在一起的枯骨，他们是靠墙坐着抱在一起的。头抵着墙壁，高出一头的，显然是男的。他伸出胳膊来搂住女人。女人的头搁在他的膝盖上，抵着他的胸脯。他的一条腿受不住了似的伸开着，一条腿屈起来，支撑着女人的头。但是没有什么可看了，就剩了一副看起来奇怪的骨架，像庞杂的根系那样纠缠在一起。

后来海原县建了大地震博物馆，应该说，这对死不分开的情侣应该是陈列在博物馆的，然而那时候人们热火朝天地搞建设，谁在乎他们呢？又一个五十年过去了，不知道他们的骨殖哪里去了。

2019.9.9

震　后

海原大地震余震不断，持续三年。主震之后，一直到 1923 年 9 月 2 日，记录到的五至七级的余震就有六次，其中一次七级强震就发生在主震后第九天，即 1920 年 12 月 25 日，关于这次地震，《宁朔县志》描述说："自是（指主震）以来，未得刻息，至十六日（阳历 12 月 25 日）黄昏，震声更大，颓墙圮壁，飞瓦扬尘，人物蛰伏，不能起立。" 1921 年 4 月 12 日，发生 6.5 级地震，《时报》同年 8 月 21 日报道说："此次地震，居民所遭天祸，惨苦万分，固原四周死者万人，固原城外，二十五里不见一人，田地无耕者。"

这次大震缠绵不休，直到八十多年后的 2002 年，还在因它死人伤人。

两件事都发生在 2002 年，看来在这一年，当年的震区有某种活动。

一事发生在韭菜乡车路沟。

一事发生在李俊乡蔡祥堡。

两事发生时间相去不远。

先说车路沟的事。

午后，一家人开了手扶拖拉机到地里拉麦子。已经装好了高高一车麦子，正用粗绳捆紧着，谁也想不到，祸从天来，只听一声响，车就掉入了原地裂开的一个大坑。据后来测量数据显示，该大坑直径二十米，深十二米，即当年海原大地震所留地穴。真是怪异，人们在这块土地上耕耘了八十多年，耕耕播播，种而复收，年年岁岁，几代人安安稳稳过去了，什么事也没有，却突然裂出这么大一个口子来，如此这里的地谁还敢种啊，如此这里哪一块还让人觉得放心啊。但人的好处在于不见棺材不落泪。总之这次裂开的这个地穴，让拉麦子的一家三口当场死掉两人，重伤一人。要是没有装满一车麦子的拖拉机，不至于死人的。

李俊乡蔡祥堡的事，也是发生在地里。村里的一个老汉，叫马维宗，赶着一对乏牛在犁地，来来去去犁了一大片了，忽然眼前头一空，马维宗和牛都不见了，像长翅膀飞掉了那样，实际上是掉入地穴里去了。该地穴不宽，但是深，到跟前才看得来。马维宗觉得自己不是掉下去的，而是就着什么势溜下去的，所以没什么打紧，只是忽然一惊让人受不了。牛也好着。马维宗在地穴里缓了一缓，看看头顶，远远的一线光明。因为窄，就显得深，说来大致有个架子车那么宽。两个牛肚子得挤紧着。马维宗把犁卸了，扛在肩上，然后赶着牛走，牛并肩走得不舒服，很快一头牛就走到前面去了，这样一线来走，没有那么憋屈了。好在还有两头牛，不然马维宗不会有这么镇定。地穴里黑乎乎的，但还是能看到骨殖碗碟的残余，在说明着这里曾经是有人生活过的。马维宗觉得自己好像是在过膝的深水里走着，有某种拦阻力，从腰那里就拦阻着他了。好像允许他上半身前去，而把后半身留下来。一双脚好像在自己说不清道不明的地方走着。往下看也看不清，任脚走着罢了。在一个睁着眼睛却醒不来的噩梦里似的。马维宗把自己会念的经文都念了，都反复念了。他不知这样走下去会走到哪里，会不会有个头，如果总是这样的地穴可怎么办？如果越走越深可怎么办？如果走着走着扑通一声掉入了更深处该怎么办？如果走着走着水渗上来该怎么办？什么办法都没有，一点办法都没有。就是还可以走，那就走着比站着好。站下来往远处看看，往头顶看看，怎么看都让人胆寒绝望。马维宗想着喊两声吧，让人知道自己的处境，但是这样的地里，哪里会有人呢？即使有人……喊一喊吧，马维宗没想到自己竟然喊不出声，这是怎么了？努力了几努力，喊出声来了，那声音连自己也觉得不对劲，倒给自己添了不安，好像已经吓坏了似的。只要还能走着就好。两头牛在前面埋头走着，好像在走着和其他的路没有什么区别的路，好像它们知道是往哪里去。牛的这个样子给了马维宗不少安慰。人在关键时候是不如牲口的。

长话短说，马维宗和他的牛最终走出地穴来了。马维宗觉得自己在这样的地方已经走了有许多年。他快七十岁了，但是七十年来他所经历的时间从来没有这样长过，从来没有经历过这样子的时间，就像这时间是用火构成的，长得看不到头，却是一毫米一毫米那样极具耐心和考验力地燃烧着。就像这时间是浓稠的油的大海，自己不知怎么就掉到了里面，觉得窒息憋闷，无法动，动不了。马维宗说不清自己是怎么走出来的。他对人说是牛把他领出来的。

马维宗和他的牛是从另一个村子的地里出来的，从掉入地穴到出来，大概马维宗和他的牛在地下走了五里路。回到家马维宗就睡倒了。不吃不喝。眼角挂着泪痕说他是从死路里走了一回，说他把不见的事情都见了，把不想的事情都想了，其实也只是个感慨而已，马老汉并没有看到什么的，也容不得他多想。但那样的经历说是如同地狱之行是可以的。马维宗说，要是知道最终能走出来，那么走多远都不怕的，关键你不知道这一点，你不知道前头是什么样子和结果，让人怕的是在这里。确实。人所怕的就是身处困境又看不到出路。马维宗的事还上了报纸。还引来一些专家。这就不说了。不久老人就恢复了健康，却发起威来，让儿子每人出三千，女子一千五，他要去朝觐，要是儿女们不出这个钱，他就 路走着去朝觐。

2005年马老汉朝觐成行，并且愉快地归真在了那里，没有回来。

2019.9.10

麻　钱

十多年前，《中华读书报》的舒晋瑜女士和我约稿，我写了一组随笔寄去，其中一篇叫《麻钱》，写的是童年时候，常和同伴去田野里捡拾麻钱，然后拿去城里的供销社卖掉，买洋糖吃。记得好像两分钱可以买一个洋糖，而一个麻钱可以卖到三分到五分钱。尤其雨天过后，麻钱不知为什么会多一些。那时候无论什么麻钱都通通看作麻钱而已，至于康熙年还是光绪年的，是绝无这个意识的。不只我们这些娃娃没有，就是大人们也没有的。明珠暗投，不知把多少宝贝都送与了供销社。捡拾麻钱的时候，会看到一些骨头什么的，也不害怕，大概更多的注意力在麻钱上的缘故。

说到麻钱，都会说到那次大地震，当时海原人十个里头打死了六个，把七万多人殁了。整个受灾区域里殁了二十八万人，那么这么多人就没点积蓄吗？他们的积蓄哪里去了？都埋在土下面了，日久天长陆陆续续都会出来，这也是再自然不过的。老辈人习惯于在瓦罐瓷缸里装钱，然后深埋地下。之后的近一百年间，各种挖填，各种翻盖，总会翻挖出一些东西的。

这样的事情，引起相当动静，来了警察，上了报纸的，就有数件。1971 年，在西吉硝河村一次性就出土麻钱四万枚。1984 年，还是在硝河村，一村民翻盖旧宅，一次性挖出麻钱三吨。2013 年，在同心县田老庄乡锁家岔村，一个放羊的老汉发现了一窝麻钱，没想到一发而不可收，从那里挖出近二十吨麻钱。消息传开，人们像饥渴的麻雀从四处飞来，在锁家岔村寻宝，把锁家岔村挖得不成样子，公家出动几个县的干警都无济于事。2016 年 6 月，海原县韭菜乡新庄村在修一条乡村四级公路时，开挖掘机的师傅忽然觉得不对劲，于是下来察看，就发现了一瓦缸麻钱，他正在那里忙乎着，就被人发现了，于是那里也被翻弄得不成样子。六十三岁的村民杨保璞老人禁不住落了泪，原来那里正是他家的老院了。他太爷有八个儿子，他太爷带着六个儿子做生意，家境在当地是很好的。大地震，一家三十六口，就活了杨保璞爷爷一个。爷爷在世时，就总说家里是有财贝的，财贝都叫大地震埋了，埋在哪里不知道了，但一直在找。他父亲去世的时候也留了继续找财贝的话。没想到公家修路，也没有通知他们，就把老地方推了，钱没了不说，亲人的骨殖也给推到沟里去了。总之这事情搞得很麻烦，修路的事都因此耽搁了好几个月。

听朋友讲过一件事情，说是他们村里有一个老人，有事没事，就拿着个铁锹，这里挖挖，那里挖挖，像在找黄鼠洞。他很小的时候，老人就挖着，他娶妻生子，他的学生都考上大学了，老人还挖着，可以说一直挖到死。后来听说老人的儿子把村里的好几块地都高价买去了，也是有事没事提个铁锹到处挖。原来那家人以前是大户，大地震受了难，但积蓄都在的，在土里埋着，活着的子孙就要把老辈子的光阴找到。

在写给舒晋瑜女士的随笔里，我写到发生在我村里的两件事，一件是，某天上午，记得在小学对面，听起来闹哄哄的，不知发生了什么事。因为吵闹声太大，干脆上不了课，另外我们的老师也想去看个究竟吧，就给我们提前放学了，于是大家发一声喊跑出校门去。学校对面，马盈江家里里外外围满了人，从来也没有见过我们村里会有这么多人，原来是他家的院子里挖出了宝贝。我在一个人的手里看到簪子、银锁等。但是忽然间就吵起架来了。打起来了。田家的人说马盈江是上门女婿（就是他田家的上门女婿），在这里盖的新房子，这房子的老根子是他们田家的，地震以后他们搬离了。我们村里从来没有过这么热闹的事情，马盈江的几个儿子每个手里都拿着家伙。他的小儿子是我的同学，他那天上学了没有呢？等我看到他的时候，他手里拿着一根铁棍，好像不认识我了似的。阳光透过一棵大榆树照过来，人们身上斑斑点点的。后来不知这事情怎么解决了，我知道的情况是，马盈江一家不久就搬离了村子，搬到同心王团去了。但是村里挖出宝贝的情景给我的印象真是太深了，成了我童年时节最重要最深刻的记忆之一。

还有一件事是，我的一个堂舅，忽然间就发达了，成了有钱人的样子。骤发之人容易骤落，但是我的这个堂舅，三十年来，直到今天，也依然是村里光阴最红火的人。他的三个儿子，都没有好好上学，但都娶到了国家干部、老师、大夫等，还有一个的媳妇是某乡副乡长。堂舅后来做生意，做买卖运输车的生意，买进卖出，堂舅挣中间的差价，一辆车据说就能挣好几万。但是也有做输了的买卖，说堂舅一次买到多少个假银圆，一次就赔了二百万，二百万是多少，有人因此就趴下了，但堂舅还是端正地站着。堂舅两口子，堂舅的父母，也就是我的四外爷四外奶奶，朝觐就朝了多次，真是有钱人才能干出来的事。我一次看电视，看到市政协的会上，有堂舅的面孔，堂舅还像大人物那样发言，说明堂舅已经是市政协委员了。但是说到堂舅的发端，都说他的命好，几十年前，刚刚改革开放，堂舅买到村里的饲养院，那时候饲养院也解散了，院子空着，堂舅就买了来。过了两年，堂舅就变得不一样了，都说是堂舅从饲养院里挖出宝贝了。

我总是记着两个情景，而且由不得自己搁在一起比对。刚刚改革开放的时候，我在县小学读五年级，那时候在县小学读书的村里就我一个，其他人读完小要去大队小学，我是托了一个亲戚的关系才到县小学的。记得一天早上，堂舅不知什么原因，牵着一头大青骡子去城里。那骡子是村里最气派的牲口，抓阄分配时被四外爷抓去了。堂舅见我走着去上学，就让我骑到骡子上，他牵着骡子走。我发现人骑到高处时，视觉是很不一样的。一直到学校门口，才接我下来。另有一次，我从银川回老家，下车后在村巷里走时，忽然一辆很大的和村巷很不相称的车在我身边停下来，我想这是谁呢？来我们村里干什么？车窗摇下来，原来是堂舅，摘掉墨镜，笑着和我打招呼。后面坐着看起来很年轻保养很好的堂舅母。我在这样的气势前竟不免拘谨。堂舅叫着我的小名说，听说你写东西呢，有机会我把我的事给你说说。我说好。堂舅的车开过去了，我还回头看了一阵，觉得阳光下自己的身影，已余了很少的一点。

2019.9.13

震 湖

海原县的震柳，西吉县的震湖，可谓海原大地震的两样活文物，如今，整整一百年过去，震柳如狮如虎，生机勃发；震湖深水印月，万类丛集。

都说震湖像一滴泪水，是流给大地震中近百万伤亡的生灵的。那样惨绝人寰的大难，是当得起这样的一滴眼泪的。而且震湖的水，不能浇灌难以饮用，确实比眼泪还要咸的。

据说震湖最大的时候水面有八十平方公里，如今也有一百八十多万平方米，最深处达二十米。系世界第二大震湖。

震湖位于西吉县西南向三十公里外的苏堡乡党家岔村。震前滴水难寻，震后汪洋一片，这是怎样的裂变和更易。不知道当时第一个看到这盛大水域的人，心里是怎样的感受。不得而知了。许许多多极重要的事情都是这样轻轻遮过，不得而知。

人们是容易忘记也容易适应的，渐渐地也就把这个特别的湖看得和别的湖没什么区别，也捞取水草，也打鱼，也牧养鸭鹅，等等，好像历来便有似的。

震湖再一次引起人的关注，已经到了八十多年后。2001 年农历 3 月的一天，党家岔村民权玉国说，他在湖里看到了水怪，当时刚刚入夜，有月亮，权玉国先是听到水里泼剌一声巨响，就看到一个磨盘大的东西游过水面，游到深处去了，它的头在水里，只背部露出水面，快速游过时水纷纷避闪着。权玉国还以为自己眼花了，但眼花也眼花不到那个程度。而且月亮已经把水面照亮了。这之后权玉国又许多次看到过水怪。权玉国是一个细心人，他把看到水怪的时间，所看到的水怪的情状，都一一记录了下来。权玉国的话，得到了六十八岁的村民安如泰的证实。安如泰于 2002 年农历 4 月的一天晚上，也亲眼看到了权玉国所看到的，安如泰当时回家路过湖边，心里还想着什么事情，没有注意，忽然一声力度很大的响动，像是把一块大石头扔进了水里，循声一看，就看到一个黑乎乎的东西在水里游，周围波光粼粼，使它显得光滑肥腴。安如泰说，看起来就像个柳树的顶子。安如泰吓得不轻，回家给家里说着，几个年轻人又提棒携棍来看，没看到什么。水面上静静的，只有青蛙敲木鱼一样叫着。

这事经新华社报道，引起了一些驴友的注意，于是三三两两到湖边来看稀奇，晚上也搭帐篷住在湖边。震湖本来就有名声，现在又多了水怪，一传十十传百，农历四五月份，到湖边安营扎寨的不在少数。村民们醒过味来时，也做起了小生意。偶尔外国人也有来的。有的在湖边燃篝火烤鱼，有的跳舞弹吉他，有的向着广阔的湖面喊水怪出来，有的如情侣的样子依偎着沿湖边走远了，就搞得湖边比村子里还热闹。

后来一天就发生了一个事，来自南方的一家人，小两口带着孩子，还有孩子的舅舅，自驾车远路风尘地来看水怪。虽然没有看到水怪，但风土人情还有震湖烤鱼等，还是让他们感到不虚此行。在湖边住了三天，准备明日即去沙坡头。夜里，心情大好的妈妈带着孩子沿着湖畔闲逛，抬头看见天空和湖水是一样的颜色，看见月亮那么小，像是被清冽的天空稀释掉了一些似的。妈妈让儿子背什么诗，儿子说要撒尿，就站在湖边撒尿，不知怎么一来，滑了一下，滑入水里去了。水是流动着的，看见孩子惊叫着要被水漂远，妈妈一下也跑到水里去了。娘儿俩扑打起很大的水花来，显然他们都是不会游泳的，只是扑腾挣扎着而已，而且越是挣扎，越是顺流远去。忽然挣扎出水面了，但刚刚露出水面，又像被什么力量不容分说地强摁下去。娘儿俩走得远了，离帐篷那里总有一里远近，那里又还闹腾着，就是喊也听不到的，何况连像样的喊都没有。不一会儿水面上就平静了。月亮孤冷地在极高的天上，好像不曾看到什么那样。好像就是看到什么也会缄口不言。刚刚似乎断了线的青蛙的叫声又续接起来，这里那里竞赛似的响成一片。

这之后，来震湖边看水怪的人就少了。

也许真的没有什么水怪。但大地震形成的浓重阴影，像某种基因似的，在这一域人的心里，会永远留存下去吧。

2019.9.13

柳叶哨

我村里有一个老人，都叫他老羊把式。我能记事的时候，他就是村里最老的人了。给队里放羊，夜里也睡在羊圈里。我们那时候大概还没到上学的年龄，有好几个没裤子穿。跟着老羊把式去放羊，听他给我们说古今。老羊把式在山坡上懒洋洋地躺着，忽然指着我们中的一个说，看看羊哪里去了？那被指到的娃娃就拧紧着两个屁股蛋跑去看了。羊就在附近的。羊一般不乱跑。人注意着羊，实际羊也留意着人的。离老羊把式太远它们自己也不放心。

老羊把式的个头比我们高不了多少。一只胳膊弯曲着伸不展。都知道老羊把式以前是当过土匪的，是方圆比较有名的土匪之一。我们让老羊把式给我们讲古今，也主要是想听他讲讲当土匪的事。老羊把式高兴了也讲。说子弹怎么个声音是从头上过去的，怎么个声音是从身边过去的，怎么个声音是贴地而来的；说土匪两个字没有在脸上写着，但是会看的人还是一眼就能看出谁是土匪谁不是土匪，这时候就要先下手为强，你不放翻人家，人家就把你放翻了。这些实际和我们没有关系，但就是爱听这些。老羊把式说，他们这一股土匪，少的时间七八个人多的时间二十来个人，很少抢老百姓，主要是抢土匪。他们的头儿很厉害，枪法好，说话能镇住人，脑子好，他说老百姓有个屁呀，一个一个都穷得屁淌呢，要抢就抢土匪，土匪都是手里有货的。我们也打听，哪搭的土匪刚刚得手，我们就在一个僻静处堵住他们，打他个手脚不及。老羊把式说，抢老百姓没抢头，抢土匪有风险。土匪当然没有那么好抢。人家辛辛苦苦弄来的东西，让你随随便便抢去，没那个事。所以他们抢土匪，也是熟思熟虑，谨慎出击。比如土匪是三五个一伙的，老羊把式他们就出动七八个；如果土匪是十来个，那老羊把式这边就倾巢而出。另外一个土匪在明处，老羊把式他们在暗处，暗处先灭上对方几个，总之在人数上始终要占优。另外入他们这伙的要胆大心细，要活不怕人，死不怕鬼。要口紧，咬烂舌头不往外说。要有点别人没有的绝活，比如老羊把式的绝活就是快，个子小，能跑，力气也足。抢到东西，先给老羊把式拿了跑，其他人且战且退。对方一见抢来的东西已经没有收回的指望，就会影响战斗力。

老羊把式不顾年老体弱，有时候说到兴头上，还会给我们比画几下。比如他让我们背过身闭住眼睛，然后他藏起来让我们找他。我们分头去找。明明刚才还在我们眼前的，但是忽然就找不到他了，找老半天找不到。老羊把式得意地笑着，从一个我们找了很多遍的地方站起来，说你们娃伙太嫩了，我在土匪脚底下他都看不到我。他有在一只羊后面藏住的本事，一只羊在前面，老羊把式在羊跟前站着，忽然把自己藏起来，就只能看到羊，看不到老羊把式，隐隐约约看到的一点衣襟脚尖什么的，除非你提前知道，不然都会视为自己的错觉，不当真的。老羊把式还让我们见识过他跑起来有多快，和我们比赛跑，但他毕竟老了，呼哧呼哧喘气，落在我们后面。老羊把式嘴硬不服气，说他的这个胳膊甩不起来，带累他了，不然我们不是对手。然而已经不错了，一个在我们眼里老得不能再老的人跑到那样不错了。

关于老羊把式的胳膊，大家都是知道的，就是一次，一家财主的堡子让土匪占了，那家财主和老羊把式这股土匪的头儿是亲戚还是什么，总之老羊把式这边的头儿发誓要拿下堡子，带着他们轮番攻打。老羊把式仗着自己身小轻便，踩着梯子上堡子去，忽然堡子上出来一支梭镖，连人都没看到，就给一梭镖戳了下来。戳到了胳膊上，让胳膊残废了，这就等于废了一半武功。原本他的本事就是个跑，现在跑不起来了。这才知道跑起来不但用腿，胳膊手也用的，胳膊甩不利索的人原来也不可能跑得快。既然这样，见好就收吧，就从土匪群里退出来了。那时候也就二十岁出头，来来去去逛了逛，就给人家富汉家当了羊把式。人一辈子也就这么个，起起伏伏的几个起伏人一辈子就没了。自从当上羊把式，就再没有干过别的。到农业社生产队了，谁放羊能比他有经验？所以还是放羊。听说老羊把式会吹咪咪子。啥都能做成咪咪子。比如葱管就能做成咪咪子，韭菜叶子也行，柳树叶子也行，还有就是把嫩柳树枝，中间掏空，也能吹出曲子来。老羊把式最拿手的是吹柳叶子。说是大地震的时节，人乱漂着没个依靠，老羊把式就用吹柳叶哨吸引来了一个汉民女子，一起过了一段时间，那女子才走了。老羊把式没有给我们吹过柳叶哨，但吹过泥哇呜，哞哞哞，吹起来像土在叫。老羊把式说，给你们吹个《尕司令打宁夏》；又说，给你们吹个《马五子哥哥手手儿巧》。呜呜呜吹罢，老羊把式看着我们有些不满有些遗憾地说，尕娃都不会听。问我们可知道尕司令。都不知道。老羊把式就把嘴里空嚼了几下，好像谈话没有知音的样子。后来才知道他说的尕司令是指马仲英。

写到这里，不得不说说老羊把式的好，老羊把式借着他的方便和空闲，几乎给我们听古今的每个娃娃都织过毛袜子。我们那时候连裤子也穿不上，光屁股，脚上却赫然一双毛袜子，那威风和神气都是老羊把式给我们的。

老羊把式是亲身经历过大地震的人，他说他之所以能活下来，还得说是羊把他救了。

那时候他是给涧沟堡的大户薛家放羊，羊圈是几孔崖窑，崖窑的前面又用矮墙围了一片空地，羊可以在空地上，下雨下雪的时候就可以进崖窑里。地震那天晚上，牧羊犬咬得厉害，拽得拴它的铁绳直响，好像有什么动静似的。老羊把式担心有偷羊的人，或者是狼来吃羊，就一次次出来察看，没看到什么。他把狗还狠狠训斥了一通，使狗把脖子缩紧在两腿间表示出屈服的样子。但是他刚进窑洞准备熬茶喝，狗又被谁点着了尾巴那样叫起来。肯定有事。老羊把式出来了，这一次就看见离羊圈门不远，一只母羊产羔了。小羊羔已经尝试着一次次要站起来。老羊把式就打开羊圈，把小羊羔抱上，准备用炕灰擦干它，同时使它暖和一些。狗拼命叫着，铁绳响得刺耳。老羊把式觉得狗这样叫着也好，也是一个好的震慑。他抱着小羊羔，往住处去，母羊信任而顺从地跟在后面。忽然就觉得眼前黑了一下，看见亮着灯光的窑洞像是被一个巨掌扇了一下扇歪了脸那样，同时自己就像一脚踩空，踩到悬崖里去了。

就这么地震了。

天气冷的缘故，羊绝大多数都在崖窑里，活下来的羊屈指可数。狗被倒下来的围墙压住了大半个身子，头伏在地上，掉着涎水，不得挣脱的样子。老羊把式还没有把狗身上的土起开，狗就垂头死掉了。

老羊把式感慨说，震后又是大雪啊，一场雪把死人冻硬了，把活人冻死了不少。狼那么厚的毛都有冻死的。冻死的狼头一个血榔头，那是吃死人吃成了那个样子。狗也像变成狼了，也咬人吃人。有让自个家里的狗咬死的。十里八里，见一个人不容易，鬼比人多。都不相信人还那样子活过。

老羊把式说到一个稀奇事，老羊把式说，过了一段时间，就到了开春时节，把圈羊的崖窑挖开，让人吃惊的是，还有几只羊活着。显然活着的羊并没有受到打压，但是它们身上的毛都没有了，剪子剪得也没有那么干净。显然它们是吃羊毛活下来的。是自己吃自己的还是互相吃就不知道了，但是一个个已经不成样子。老羊把式说，自己放了一辈子羊，没见过那样子的羊，总而言之，还能看出来那是羊，而不是别的东西而已。

它们在阳光下面站不住，老是打软腿，就赶紧弄了一点刚刚转绿的柳树叶给它们吃，不吃倒好，吃上柳树叶子，一个个歪到一边，口吐绿水，很快就死掉了。它们忍耐了那么长时间，好吃的到跟前了，却直着眼睛死掉了。

老羊把式说，这是个经验，饿瘪了的肠子，不能吃好东西，不能猛猛地给吃饱，那时节太年轻，不知道。

2019.9.17

旧　账

1936 年 6 月，红军西征北上抗日，经过海原时，在当地百姓的揭发下，枪毙过一个老人。

据说那时候枪毙不枪毙这个人，意见很不一致。那时候的政策是，民族地区的事情，主要由当地民族自决，红军只是从旁辅助而已。1936 年 6 月 8 日，毛泽东、周恩来、杨尚昆《关于回民工作给一、十五军团的指示》电文开头就说："中央决定回民工作基本原则是回民自决，我们应站在帮助的地位上去推动和发展回民斗争。"电文第二条说："只有在回民群众同意下，才能打回人土豪。必需资财经过回民捐给，红军不得自己动手打土豪。"在这样的政策指导下，红军做事、言论还是很谨慎的，不到万不得已不做极端之事。

建议枪毙老人者所给出的理由是：

一、老人是个土豪，为富不仁，借红军之力打掉土豪，老百姓可以得些利益。

二、老人的爷爷在清朝当过保长，证明几辈子都是剥削人压迫人。

三、该老人的五个儿子里有两个在马鸿逵政府任一定职务。

四、马鸿逵征兵，三抽一五抽三把村里能干活的人都抽去当兵了，那两个在马鸿逵跟前能说上话的人却不问不闻，无动于衷。有人抱着大指望花了大代价去银川找过他们，结果是连个面也没见上。在银川空转了一大圈的人回来感慨说，哎呀人当了官不得了，听起来就在那搭呢，找起来不知道人家在哪搭呢，门槛比城墙还高。少的求不动，去求老的吧，让老的给少的说说，然而求告到那老人跟前时，也没个好脸好话。

五、六七十岁的人了，还把一个长工的媳妇娶作自己的小老婆。当然长工是去世了，老汉娶的是寡妇，但是从这个结果看，那长工怎么死的可就是一个疑问了。

等等。

说来大军过处，总要立些军威，杀几个人是免不了的。这个老人凭着这几条，说杀嘛也就杀掉了。但是除了如上几端，老人再好像没有什么大的劣行。而且除了少数几个咬牙切齿的人外，大多数百姓好像对这个老人并无什么强烈的恨意，甚至也有人急不择言，吞吞吐吐间说出关于老人的一些好话来。老人对红军的态度是不亲不疏，但是也派人给红军送来羊只米面等，红军也是收了的。

最后决定枪毙老人，是因为有心人翻出了一笔旧账。这也不是造谣生事，多人印证了的。说来都是快二十年的事了，就是大地震后一两年，陆续来了赈灾款。关桥堡高崖子一带的赈灾款，就由这个老人主要负责发放。其实分发到每个人头上，落不了几文，杯水车薪都谈不到，但归拢在一家一户手里，那还是一大疙瘩。都说当时那老人就贪污了赈灾款，像马鸿逵的抓兵一样，也是三抽一五抽三那样的。

枪毙老人的事就因此定了。

是当地武装去抓那个老人的。抓的人进去，老人正在热炕上支高了枕头睡着。他的小老婆给他生的儿子骑在他身上把他当马骑。不用多说，拉下来一绳子绑了。在村里的一个土台子上站着还开了个公判会，历数罪行种种，最主要的一条就是大灾之年，克扣吞并灾民的救命钱。老人的脸和他穿的灰褂子一个颜色了，他看起来像一条冰冻了的带鱼。他流着清鼻涕问，能不能先给他银川的两个儿子说一声再做决定？这话不说倒好，说出来好比火上浇油，难道我们会怕他马鸿逵吗？

老人的小老婆抱着儿子也来看了。有人逮住机会似的，让那女人说说她男人是不是让害死的，要把她推到土台子上站着。你说，你说，有红军给你做主。总有一些在这样的场合容易义愤填膺的人。那女人眼泪花满眼睛转着，直勾勾地看老人。老人却好像怕她那样躲着不看她。小老婆看起来就像是老人的孙媳妇。她对着老人喊了一声说："你把我娘儿俩害了。"说着就撤转身，跑一样走了。

就推推搡搡地去枪毙那老人。

老人已经无法自己行走，脚在地上磨蹭着抬不起来，就由两边的人连架带抬，好不容易弄到一个土坎边，一枪还没有打死，腿脚乱颤，照头又是一枪，这才安静了。

2019.9.18

两块坟地

关于时任固原县警佐石作梁，从他留世的文字看，还有一些事情可说。也不得不感慨，中国的传统文化对人的熏陶和造就，即使一介武夫如石作梁，文字也是那样的气质磊落，雅驯耐读。

文字的品质和内涵，流宕至今，真是没落到有些寒酸了。

石作梁的文章说，当时灾民衣食无靠，奔走呼号，他即鼓动城内富户有所作为，两个人值得一记，一个叫张富堂，捐麦、豆各十石；一个叫钱瑞亭，捐黄米二十石。这真如同再造父母了。于是在武庙和饮马河拱北设局急赈，“官绅共理其事，每日炊米煮豆，以救灾民”，回汉各有所往，各得其便。考虑到“有因体面关系，不愿来局领食者”，“余（指石警佐）饬官督警，用水桶盛粥豆，沿巷鸣锣而给之”。百年之后，读着这样的文字，觉得石警佐仁心可鉴，太周到了。他还不让前来领食的灾民闲着，顺便找事情让他们干，也是一种以工代赈吧。事情是这样的，第三道城门塌陷了，留有一缝隙，仅容一人勉强可过，灾民往来，殊多不便，石作梁即要求前来领食者，无分男女老幼，早晚经过第三道城门时，度己量力，每人携去若干砖瓦土块，果然“众力易举，不两日则塞去路开，而交通畅行”。

石警佐的文章也说到震后的人心变化和群众动静："然日渐久，则人心思变，复忘浩劫，而幸灾乐祸，乃出事者多矣”，“彼此争物者，互相窃用者，乘间抢妇者，籍灾刁亲者，打伤人众者，无所不有，兴讼不已”，“而乡间更有，聚众谋掠富室者有之，报复宿怨者有之，偷窃牛羊者有之，无奇不有，述不胜道”，“亦有欲抢质衣为御寒之举，事未发而余侦悉，即商同县长张公，择主谋之首，枪决一犯，枭首示众，惩一儆百，人心慑定”。“余传集各质商，捐衣百件，施济极贫”，“余不时遣弁侦察，尚无他虞”，“而乡间派员带警，四处弹压，循环巡视”，“余也常时躬带马队，亲往查慰，秩序渐谧”，“地方虽有大劫，而治安尚称就范，而邻村海（海原）、静（静宁）、隆（隆德）、庄（庄浪）曾被桀痞破坏殊多”，“虽地界密迩接壤，然其影响幸不及固（固原）境”。为官一任，造福一方，说的就是石警佐这样的人吧。有这样的警佐和没有这样的警佐，真是太不一样了。我们海原县的罗警佐不幸亡于大地震，这就没什么可讲了，然而造成的结果就是“被桀痞破坏殊多”，作为斯地斯民，看着这几个长相凶恶的字，心里的感喟是很多的。这是被石警佐伸手挡开，落在了我们这边的几个字。石作梁 1949 年后还当过固原公安局局长。后来终老在史志办的岗位上，度其经历，可称合宜。

石作梁的文章里提到的钱瑞亭，事迹并没有说得完全。在另外的资料里还说到钱瑞亭其人。说是钱瑞亭当时不只捐出二十石黄米，也还捐了一些别的东西，比如就捐了不少木材。当时死人太多，亟须棺木，钱瑞亭就捐出了一些木材。还有，比如有了棺木，埋葬何处，也是一大难事。有人挖好坟坑，回去抬来自己的亡人，却发现坟坑里已经埋着别人了。为占坟地事，也起了不少争斗。说是一个女人，把自己的儿子埋入别人挖好的坟坑里了，那样的时候，人的脾气都是不大好的，就要把坟挖开，把女人的儿子刨出来。女人趴在坟堆上，抱着坟堆不撒手。就要把她从坟堆上扯开，扯了几扯，发现不大对劲，原来女人已经死掉了，死在了儿子的坟堆上。就是在这样的情况下，钱瑞亭捐出了两块地作为坟地。钱也因此获得了钱善人的称号。

后来的光阴里开始划成分，钱瑞亭被划为地主，这没有什么可讲，连钱瑞亭本人也觉得自己免不了被划地主。当然那时候落在他名下的土地已近乎乌有了。他又是较开明的，新社会咋要求就咋来。但是作为地主被批斗是免不了的。有一个在钱瑞亭家里帮过工的人，已经在新社会成了吃香人，斗起钱瑞亭来不遗余力。那时候钱瑞亭快八十岁了，热衷于斗他的人也年近半百，他当众，也当着钱瑞亭的面揭露了一个事实，就是钱瑞亭当年捐出的那两块坟地，那根本就不是什么好地，大家可以去看看，那就是两块坡地，远不讲，还不好好长庄稼。钱瑞亭把不长庄稼的地捐作坟地，那么他的好地他咋不捐？说明他也好不到哪里去，大家都叫他钱善人钱善人，在这个事上大家可以再想一想，他是个善人吗？当时的大难，都饿得没力量，家家都人口单薄，钱善人把坟地划在那么远的地方，亡人一个个咋送过去？大家在这个事情上可以想一想，给他钱善人的这个善字可不可以打个问号？钱瑞亭站在一边受批斗，他的拐棍已经支撑不住他了，拐棍而外，还得他的一个孙女子在旁边把他扶着。

但是没想到却出了一个事，就是那个批斗钱瑞亭最力的人，他已经是互助组的副组长，但是他忽然在家里胡言乱语起来了，用一种怪怪的声音喊话说，我把你个不知道好歹的，把你个忘恩负义的，你一家几口子在人家的地里睡土呢，你到头翻脸说这话，你还是我的儿子吗你……如此等等，懂的人说，这是那人的父亲借他的嘴说话呢，活人胡来死人都看不过去了。西海固一带常有这样的事情，忽然一个人就变脸变色，以一个死者的身份说话了。一般而言，女人居多。会把一些很隐秘的事都说出来，会把一些很尖锐的不好出口的矛盾借死人之口挑明，会打抱不平以弱攻强，应该说，和神婆的附体说差不多吧。还有那个代上帝言的东王杨秀清，也不过是这样的手段。但是这种现象很快就会过去，过去后又恢复为原样，全然不记得自己的所言所为。我曾经想过这个事情，我就想，为什么不让不认识的人附身呢？为什么从来没有个外国人附在你身上呢？为什么没有个古人附在你身上呢？比如让一个大画家、大书家附在身上，一时间你写写画画，不就弄出价值连城的东西了吗？然而从来就没有这样的事。我的看法，所以如此，还是纠缠过多，思虑过深，因而导致片刻的凌乱和失常，就比如这个批钱瑞亭的人，他一边批着，一边心里也在不停打鼓，比如这样批究竟对不对啊，别人怎么看啊，自家的亡人，就比如老父亲，看着自己这样跳弹妄言，会怎么想啊。这样子外面一个自己，里面一个自己，互相争竞纠缠，弄到一个程度时，弄到不可开交时，弄到半夜三更还要被恶梦惊醒时，可能就会出现这样的事。人在意识极端活跃的时候，模仿能力是很强的，打捞记忆，追念逝者，甚至不需要刻意为之，顺流而去即可。

但是这个互助组的副组长恢复过来后就变了，不再小人得志的样子了，不再批斗钱瑞亭了。斗钱瑞亭的时候，他甚至借故不来。

然而此后不久钱瑞亭就去世了。他的遗愿是想把他埋进他当年捐出的坟地里。

商量了，最终还是否决了。那都是一些难民，把一个老地主和他们埋在一处算怎么一回事？

2019.9.30

韩练成

1919年2月5日，宁夏同心县预旺堡一个叫谷地台的村子，落生了一个孩子，孩子的父亲叫韩正荣，母亲樊氏。韩正荣曾在董福祥部当兵，后因腿伤解甲归田，娶得自陕西乾县到宁夏逃荒的樊氏，当时樊氏才十六岁。樊氏性格泼辣，吃苦耐劳，前后给韩正荣生了四个孩子，但只有这个生在谷地台的孩子活了下来。韩正荣行伍出身，人情练达，又会木匠手艺，所以在那个动荡的时代也还生活得可以。

这个唯一活下来的孩子得名韩练成，取人生多磨练，磨练乃有成之意。这孩子性格顽健，胆大敢为，即使大过他几岁的，也尊他为孩子王。他后来还跟一个回民拳师学过十路弹腿。韩练成当兵后才知道十路弹腿属于功夫秘籍，外人不传授的，他不知道那回民拳师为何传授于他。总之他和回民缘分不浅，十五六岁的时候，一个回族地主看上了他，偌大家底，却只有几个女儿，回族地主想招赘上门，看来看去，竟是看上了韩练成。韩正荣曾在该地主家做过木活，使得韩练成也见过地主的几个女子，都是容貌气质比较出众的。虽说独子给人家当上门女婿的极少，但韩家父子俩对这门不当户不对的亲事还是极为心动。后来在樊氏的强烈干预下好事未成。韩练成又去马鸿逵那里当了兵。很快就引起马鸿逵注意，让年纪轻轻的韩练成当了连长，奉命押送马部粮草去西安，见到国民军联军第三军第三师师长杨虎城，杨将军拍着韩练成的肩膀说："哎呀，这娃是连长，好好好，咱兄弟一见如故。"总之韩练成是那种人中虎豹，容易给人一眼就看出他的不平凡。

这都是后话，说说大地震时候的韩练成。

大震时韩练成才十一岁。父亲去固原给人做木活了，他和母亲住在乡下某处。所谓的家是一个装杂物的窑洞，两个连通着的小房子。西海固一带把这种房子叫套房子，一明一暗，明房类似客厅，暗房也即套房，一般来说是住人兼厨房，灶台和火炕基本连通，中间只有着一段隔墙而已。因炕近于灶台，就多一重暖和，所以韩练成一般喜欢住在套房里的。

地震那天晚上，韩练成已经入睡，忽然就地震了，把韩练成埋在里面。好在他胆大，一般孩子吓也吓死了。他倒是没有受伤，只是觉得土尘呛得人要窒息，听见母亲好像在遥不可及的地方喊他，他也回应着，但是呛得他出不来声。允许他腾挪的范围很小，而且担心不慎动了哪里，再来一次垮塌，韩练成告诫自己先不要忙，不要做无谓的折腾，先好好观察一下。这一细看让他看出门道来了，他看出是房顶子掉了下来。他一贯好舞刀弄枪，有一把刀在手边，正派上用场。他在一个他做了判断的地方用刀开掘着，一边留意着周围的动静。就这样给他掘出一个巴掌大的洞来。于是看到像揭开了烟囱口一样，里面满积着的辛辣的土尘，从那个巴掌大的开口里逃一样窜出去了。他还看到他的母亲，那样一张紧张坏了的脸出现在洞口，好像要从那样的小洞口钻进来。母亲让他不要慌。她在外面小心地扒着，韩练成在里面也忙个不已。终于就可以出去了。看见母亲的脸上不知是汗还是眼泪，把头发都沾了一绺在额头那里。两手上都是血。救出韩练成，母亲用怪怪的眼神看了一眼儿子，像在要躲着他看他是哪里受伤了。除了一身有刺鼻味道的土尘外，韩练成并没有受伤。他给母亲调皮地笑着，好像他和母亲捉迷藏被母亲捉到了似的。还笑，母亲哽咽了一声就把儿子搂紧在怀里，不会再把他放开似的。

劫后余生，母亲显得大方起来，只要人来找什么，母亲都痛快地找给。好像儿子在就是一切在。好像儿子在她就可以给丈夫一个交代了。不知道丈夫怎么样，不知道丈夫什么时候回来，反正丈夫到来之前，她要保证他们娘儿俩都好好活着。这女人是能干的，她让儿子帮下手搭了个小棚子，娘儿俩住在里面。隔一天，韩正荣回来了。也就是说，如此一场大难，一家三口，一个不少，全全整整。多少人家十个死了八个，多少人家被绝户了，一家人好好的连个重伤的也没有，这是什么运气？不讲这些了，好好地活下去吧。

韩正荣觉得这里不是可以待的地方，要到容易活的地方去，要到城里去。樊氏同意。但是家里的什么东西都舍不得丢啊。粮食舍不得。一只山羊舍不得（连羊都活着）。几只鸡也舍不得（他家的鸡都活着）。韩正荣说，这样的时候，没有什么是你的我的，没有粮食饿死，有粮食也会招来祸端，你还牵羊抱鸡的，怕人不知道你是富汉吗？于是就听韩正荣的话，粮食都扮作别的东西装了，韩正荣背一点，樊氏背一点。粮食是最重要的。干粮要做够，不能指望途中还做干粮，没有这个条件，也不敢明打明做干粮。山羊宰了，做成肉干带上。鸡宰了也是这个话，做成肉干带上。废墟上香喷喷的。韩练成吃得肚子都鼓起来。然后一家人背背抱抱悄悄上路了。韩练成背着锅碗一类。韩正荣当过兵的，后腰里别了一把斧头，樊氏把刀卷进被子里，韩练成的刀吊在屁股后头，一家人就这样全副武装出发了。韩练成看见刀斧之类觉得兴奋，觉得这样漂泊动荡福祸莫测的生活甚至是自己所向往的。

一家人赶到固原城，在第五道城墙下面找到一个窑洞。韩正荣的木匠手艺派上了用场，他安了门窗，加固了窑洞顶部。这时候陆续有灾民到来，但是先来先得，韩家住着的窑洞别人不可以再住进来了。通过这次奔行，韩练成从父亲身上学到很多，比如要先于他人到达目的地；比如问路的时候不能暴露自己是去哪里；比如吃东西的时候要避开大路，在偏僻处吃；比如多好的本事也要忍让躲避，不可与人攀比争竞；比如女的最好把自己也扮作男人的样子；比如有人求助，给予小小的帮助后要尽快离开；比如不要把自己扮作好人，也不要轻易把别人当作好人；比如非常时期，与其住在店里不如走在路上；比如撒尿的时候要设想后面忽然会出现人，而且不能给后面的人以可乘之机；比如丢啥也不能丢火种；比如见到嘴头伶俐喜欢套近乎的人要格外小心；比如受人侵犯的时候尽可能不要正面冲突，而是用一个什么法子让对方看到自己也是不好欺负的等等。真是够学一阵子的。

这以后就有了和回民拳师学十路弹腿的事。有了被富户看上，要招赘上门的事。关键的时候，樊氏还是很有主见的，她给人帮工，但是不要钱，只求她的儿子也可以和主家的娃娃一起读私塾。打听到黄埔军校录取学生，而且录取学生的教官都来了，但是有个要求，凡报名者得是初中毕业生，这樊氏，她竟然给儿子搞到一张初中毕业证，毕业证的主人也姓韩，叫韩圭璋，好，从此韩练成就是韩圭璋了。你好好奔你的前程去，不要管我们了，樊氏说。韩练成离开父母要去报考黄埔军校的时候，韩正荣正生着病，樊氏说不要管这些，有她呢，樊氏激励儿子说："有命了你穿个绸裤子，没命了你当兵叫人打死，就算爹妈没养你。"真不是一般婆婆妈妈只看脚背的女人可以并论。

但是阴差阳错，韩练成后来无缘报考黄埔军校，却落在了马鸿逵手下效劳。1926年11月，马鸿逵部作为国民军联军第四路军，和援陕总指挥孙良诚的国民军联军第三路军在西安会合，两部大会餐之余，孙良诚提议双方踢一场足球以增友谊。实际孙良诚本人就是个足球迷，自己也能上场踢两下子的。马鸿逵则是喜欢秦腔，于足球兴味不大。但孙良诚是总指挥，人家说了踢足球你不能改作听秦腔的。就踢。马鸿逵这边是临时组队，韩练成打过篮球，篮球足球，都是球嘛，就把韩练成也吸收进临时足球队。上半场两队互交白卷，都无建树。下半场一开始，就见孙良诚站在土台子上宣布说，他要上场，立时引来孙部的掌声雷动。马鸿逵胖得走也走不动，遑论踢球，就让教练把韩练成派上去，对韩练成谆谆告诫："娃娃，咱们就看你的了，你上去给我把孙总指挥看住。"韩练成就上去了。内行外行毕竟不一样的，孙良诚上来就是一个凌空抽射，中了门柱，呐喊声把人耳朵都吼聋了。接下来孙良诚带球过人，韩练成还没有明白过来，孙良诚已经过去了。这可不行，马军长的嘱咐是要他韩练成看住孙总指挥呢，这一来看了个啥。孙良诚已经身形矫健带球到前面去了，正做着一人连过数人的架势，没料到韩练成突然冲上去，后面一个扫堂腿，就把个堂堂的孙总指挥扫倒在地。这真是闯了天祸，不但孙总指挥不高兴，马军长更不高兴的。孙良诚和马鸿逵要人，马鸿逵知道孙良诚的意思，说："成，人给你，要杀要剐，随你！"马又给韩练成说："尕娃，你冲撞了孙军长，既然孙军长不怪罪你，你就留在他这里，咋样？"韩练成立正大声说："军长，我生是四军的兵，死是四军的鬼，如何处置，听凭军长，哪有谁要就跟谁走的道理？"他的这话打动了孙良诚，也打动了马鸿逵，两个人客客气气打了几回合太极拳，这事情就这么过去了。教练回来就给了韩练成当胸一拳，说你今儿差点把我吓死。

就是这个固原人韩练成，后来成了国共两党都视为传奇的人物，当周恩来于授衔前征求韩练成的意见时，韩辞让了上将衔，只接受了中将军衔。

2019.9.30

石　匾

我们这个县，如果问一问干什么的人多，得到的回答是，做生意的人多。这没问题。另外还有一多，就是做生意的人里，有相当一部分人是做古董生意的。

举个例子说，银川古玩城，你要是上去转转，会发现不少有着暴发户模样的人，虽然说着还算流利的普通话，但我们明眼人一眼就能看出底细，我们和他说老家话，果然他就一口土语咕嘟嘟冒出来了。

我们县一个专事《古兰经》手抄本收藏的，还上过中央电视台。

非但如此，县上还有几个制作古董的能手，一个能手就在我村的邻村。我一次和朋友去他家，他出于职业习惯，一副高深莫测的样子。那天下着小雨，他院子里靠院墙下面，全是西夏瓷器，上面的西夏文赫然在目。就我们来看，什么也看不出来的。据说有人从他这里买了东西，出海关时被拦住了，因为携带的是“国家珍贵文物”，其实就是他做的。警察顺藤摸瓜找到了他头上，他一句就推掉了，他说我做的又不是文物，我做的是工艺品。他在烧土的选择，在火候的掌控等等诸多方面都有着自己的研究和见解。他的见解很简单，就两样，一个是土，一个是烧，看你选什么土，看你怎么烧。我觉得他多少有些风水先生的样子。我说你烧这些选好日子吗？他笑而不答。我指着那些淋在雨里的器物问，就这样放着，不怕淋坏吗？他说那都是一些废品。废品？我看着不错的啊。想要一件废品，没好开口。再说要废品做什么呢？我指着上面的西夏文问都是什么意思，他坦诚地笑了，看来他也不知道那是什么意思。

有一个朋友，搞收藏几十年了，久病成良医，渐渐成了文物专家，常常写了专业性很强的文章发表在《文物》杂志上。记得多年前去过他家里，他拉过立柜给我们看，原来立柜后面还暗通着机关。他家里狗养了好几条，都是要吃人的样子，只要客人在家里不走，它们就一直咬个不住。朋友偷偷告诉我说，他曾经还有过一支枪，后来听老父亲的话，才把枪弄出去了。老父亲是怕他弄出人命来，那就不值当了。朋友个头不高，矮壮，温和而具气概，是那种寸土寸金一类的人。他的藏品绝大多数都埋在院子里，有一年他盖房缺钱，把一只碗卖了七万，那时候我在海原邮局买了一套不足八十平方米的单元楼，花了一万五，是我写十集电视剧挣的，和人家的一只碗比较，呵呵。

20 世纪 90 年代中期，一个原来在《朔方》当编辑，后来到深圳发展了的老师到我家来，让我陪着去几个收藏家家里转转，我算是在这方面开了一些眼界。老师买到几只半彩的陶罐，一只六七百元左右，算是很便宜了。那个成了文物专家的朋友带我们去看了大地震遗址，看了两个合拢到一起的山，看了当年被震塌的古城墙，看了震柳。那时候幸存的地震老人像董善征等还健在，我们也去看了，老人很精神，扔开手里常看的《参考消息》给我们讲了起来，还唱了当年的《摇摆歌》。听一个耄耋老人唱一首如此背景的儿歌，心情是很异样的。还去县城西门外的万人坟那里看了看，坟头如点点数不清的艾灸，疗治着这曾经翻浪吐雾的大地，坟草呜咽，残阳如血，不能不有所感慨。朋友见我们意犹未尽，就说还有一件东西可看。

第二天，在县城西门的马彦明家里，我们见到了朋友说的那件东西。是一个石匾。在一个阳光照不到的墙角里放着，上面是一个缓缓渗漏着的水桶。朋友对这石匾看来是再熟不过了，他从包里掏出一本刊物让我们看，上面就有他介绍这块石匾的文章，长宽厚以及重量等等，都写得清清楚楚。

我们仔细地看着眼前的实物。觉得它像一头历经世事的老牛那样任我们看着。

石匾上自右至左写着三个稳实的大字："涌金门"。右侧写着"民国十一年夏月壬戌"，左侧写着"甘肃省筹赈处委员会"。石匾除右下角缺了一小块外，近乎完整。

朋友的文章介绍说，据专家考证，这匾由孙中山先生题写，当时海原大地震，孙中山先生也以题匾的方式给予灾区人民关切和慰问。我又细看了看"涌金门"几个字，显然是孙先生的笔法。

那么，如此珍贵的文物，如何竟落得如此呢？

马彦明说，石匾到他家，算来已经五十多年了，和他的年龄差不多。说起来话长，1964 年破四旧，当时这个石匾在县城的西门墙上，当四旧给弄下来了。弄下来的过程中，就把右下角给弄掉了一块。破四旧嘛，肯定是要毁掉，但不知怎么一来，就把这石匾扔在城墙下没人管了。好长时间都没人管，狗把屎都巴在上面了。这么个情况下，马彦明的父亲，仗着自己贫农的身份，就在一天黄昏，用架子车把这个拉回来了。拉回来也没啥用，就是在上面放个水桶、粮袋什么的。再就是扎扫帚、笤帚的时候用一下等等。也不能当磨盘不能当水窖盖子，说起来真是没什么用，就是个在城门上闲挂的。

听马彦明轻描淡写的样子好像这个石匾一文不值。

从马彦明家里出来，我说这么重要的东西，文物部门怎么不收来，还搁在那里让受罪，它已经受了几十年罪了。我的老师显出比我还急切的样子，似乎如此浅显明白的道理还需要多说吗？

朋友晃着他盛满了学问的大脑袋说，不好弄不好弄，现在贵得动不得啊。

2019.9.18

小诊所

李开来的小诊所营业有几十年了，改革开放不久小诊所就有了眉目。其实李开来的父亲就是一个乡村郎中，在村里也劳动也挣工分，但是爱看医书，爱自己闹腾，自己给自己扎针，买来药按自己的学识和理解重新搭配结合，慢慢地就有了一些名气。也还当过大队的赤脚医生。也还会些神神道道，是大医院里的大夫所不具备的。反正在当地人看来，中国如果有一百个好大夫，那么李开来的父亲就算其中一个了。李开来耳濡目染，也成了大夫。在地区卫校还自修过两年。据说李开来在卫校上学的时候，几乎是半读半教。他的年龄也差不多是老师的年龄，学校也允许他上讲台给学员们讲一讲他的经验和积累，那时候他的诊所已经营业好多年了。小诊所曾用名“开来诊所”，意为我开门你来，后来就只挂了个“小诊所”的牌子，可见得李开来对自己的定位和把控。

我的一个姨娘，吃饭总是犯呕，肚子里总不舒服，中药吃过不少，后来找到李开来，李大夫说，你这不是吃药的病。烧了一大木盆开水，水里撒盐那样撒了一些白药粉，然后让姨娘几乎裸身那样蹲在木盆上面，用那个水汽熏蒸着姨娘，始终保持着水的足够的热度。这样几轮过后，真是让人吃惊，姨娘排出很多长长短短的白虫子来。最小的白米粒那么大。最长的好像人肚子里盛不下，总有一米多长，落在水盆里还活着，挣扎的样子很可怕，像面条活了那样，但很快就死到盆底去了。让姨娘选世上的好大夫，李大夫当然首屈一指了。还有一个亲戚是半个脸带着嘴歪了，也是这里看那里看了一番后，搭几个小时的车找到李大夫门上，李开来用很长的针扎他的脸，人的脸有多大呢？但是李大夫好像可以在人的脸上大展身手，眼看着长针从脸的一侧刺进去了，一点一点深入着，好像在试探着摸索着一个可能的路径。随着针的深入，余在外面的针愈来愈少。这时候就想着针头会从脸的另一端出来，然而并没有，针好像在里面行进在一个我们所不知道的路径上，好像曲径通幽，无限深长，而长针忽然间成了一个孤胆深入者和寻求究竟者，这样的时候，李开来捻动着手里的银针外，还和病人或旁边的人拉着闲话。有被李开来医好的人不吝说李开来的好话，说到李开来的扎针，首先要预备一副不胜感慨的样子，说可是亲眼所见，并非妄言，说随着李大夫的进针深度，随着李大夫对银针的操纵，就见病人歪斜着的嘴脸像个被挤歪的门框那样，又缓缓端正着了。过甚其词。行医多年的大夫或许都会有类似一些传言吧。但我作为一个海原人，很早就知道邻县固原有这样一个大夫，还是很能说明问题的。

李开来的诊所有十二张床位。他的二儿子两口子也在诊所里。

另外还有一个从宁夏医学院毕业的硕士研究生，还有三个女护士，大致就是这样一个规模。好像不必要再大了，但也不可以再小。比起两公里之外的乡医院，老实说，李开来的诊所要更红火一些，这么说吧，有时候，乡医院的大夫也来找李开来看病。到某个阶段，流感肆虐，李开来的十二张床位就不够了，要在院子里搁一些凳子，人坐在凳子上打吊针。有的直接就坐在门台子上打吊针；有的坐在门台子上，裤腿挽起来，腿杆子上密密麻麻都是银针。在街门一边的墙角里，常常堆着小山一样的空吊瓶。都说李大夫把钱挣了。没有人知道李大夫挣了多少钱，但人家的这个钱该挣该得，没有人眼红或者说什么闲话。

就到了出事的那一天。

出事的日子和别的日子看起来没有任何区别。一切都按部就班，如常进行。连树影连门槛斜在一旁的影子都和平日没有任何两样。家里的狗也是一副见过大世面的样子，趴在那里，眼睛要睡着了那样爱睁不睁。那天的床位还空着四个。但是有陪同的家属在空床上坐着。靠近诊所门的凳子上，坐着一个和尚打扮的人，他的两腿上扎了不少针。窗下面坐着一个年轻女人，抱着打吊针的孩子，孩子的脸上挂着泪痕睡着了，但女人的奶头在掀起着的衣襟下还隐隐可见，似乎随时都预备着给孩子喂奶。孩子的鼻孔里有一小片血痂，随着他匀称的呼吸一动一动。诊室里有嗡嗡嗡的说话声，但主要的声音还是来自于李开来和那个胖和尚，胖和尚一边和李开来说话，一边抽着烟。和尚抽烟不怎么好看的。而且他的形容也不是怎么好，好像是影视剧里一个假扮的恶和尚。他吸烟时袍袖落下去，还看到他手腕里戴着大颗粒的串珠。李开来说，他的个孙子想学舞蹈唱歌，一个儿子娃，学那干啥？他的意思还是学医，不管啥社会啥时代，大夫总是需要的。今年就要高考了，他的主张是让孙子报考北京中医学院，好不容易和孙子说通了，和孙子的爸妈，也就是老三两口子也说通了，就是不知道这娃考得上考不上。胖和尚笃定地说，考上考不上，看两个方面，一是看娃学下没学下东西，没学下东西你考啥？二一点更重要，就是看你有没有那个命，看考的东西是不是你学下的那个东西，有时节你学下的那个，人家考了个这个，你也不是没学，但你没有考上，这就是命。胖和尚出主意说，每年高考之际，总有人到他那个庙里烧香磕头，他建议李大夫也把这个记着，到时间来一下，他把第一炷香给李大夫爷孙俩留着，凡事都是人做天成，人做了，天不成也是白搭。在病人面前爱讲医理的李开来立刻显出小学生的样子，显然胖和尚的话他是听进去了。他们说话的时候，李大夫的孙子就给病人取着银针。他还不能扎针，就是把病人身上的针取下来，他也还显得不是很熟练。一看就是个要参加高考的学生的样子。这期间病人走了几个，又不断有病人来。来去的人都给李开来打着招呼。付钱也不用费神了，微信就在门口显眼的地方，吱一声响，就听到大声报告收到钱数的声音。一切都越来越便当了。

这时候一个五十岁左右的人背着一个显得健壮的年轻人进来，就有人腾开床让把年轻人放在床上。原来是父亲背着儿子。儿子在煤矿下井，出事故把腰砸坏了，砸坏好几年了。听说话口气，银川、北京都看过的。问赔的钱都到手了吗？就又勾来许多嗟叹与抱怨。

那年轻人坐在床上木然地看着每一个人的脸。他的露出来的小腿已经只剩骨头了。他的父亲不抱希望地问李开来，说他儿子这个病到底还能不能治得好。李开来从专业的角度给他分析着，说彻底治好没有可能，但是坚持扎针，还是有作用的。胖和尚眯细了眼看着，好像在盘算着这对回族父子和自己能建立怎样一种关系，烟气把他的胖脸都遮掩在后面了。这时候那个睡着的孩子突然哭闹起来，女人的奶头及时塞入他的嘴里也无济于事。女人揭起小被子看了看，就央求那边空床上坐着的小姑娘给她帮忙提一下吊瓶，她看来是要抱着孩子出去撒尿。小姑娘在后面帮她举高着吊瓶，一直走到街门那边的墙根里，狗有些厌倦地看着她们。女人收拾停当，以一个方便孩子撒尿的方式抱着孩子，还没有蹲下来，就见狗猛地一下跳了起来，躲闪着一个突然到来的打击似的，身后传来沉闷的不可形容的声音，她们还来不及转头，就被土浪差一点呛晕了。

后来的事情多是由这个年轻的母亲和那个小姑娘陈述的。殁了父亲的小姑娘已经哭肿了眼睛不太愿意说什么，年轻的母亲也是精神恍惚，心有余悸。

崖面滑坡了，把诊所和旁边的院落都深埋在下面了。营救比较于 1920 年大地震自是不能同日而语，但是三个小时后挖出被埋的人时，十九个人，没有一个人还余有生命特征。

据专家权威结论，本次山体滑坡，和 1920 年海原大地震密切相关，是那次大地震的次生灾害，挖掘的过程中清理出来不少家用器物和众多人畜遗骨，说明这里 1920 年大震时就曾滑坡，而且掩埋了人家。这次之所以造成滑坡，是因为当时有一间房子（一定是正房），墙倒架在，房架一直就在土里面支撑着，支撑了近一百年，终于支撑不住了，一根椽子朽折了，牵一发而动全身，因此造成了崖面的滑坡。房架都清理出来了，那根折断的椽子被人们反复观摩着讲说着。连松椽都成了绵絮啊，这样子感慨着。

一百年前的一场大震，一百年后还在夺人性命，抬眼望着这些年好不容易慢慢绿起来了的群山，人们眼里的犹疑和畏惧是很深的。

2019.9.23

附录　关于海原大地震的资料

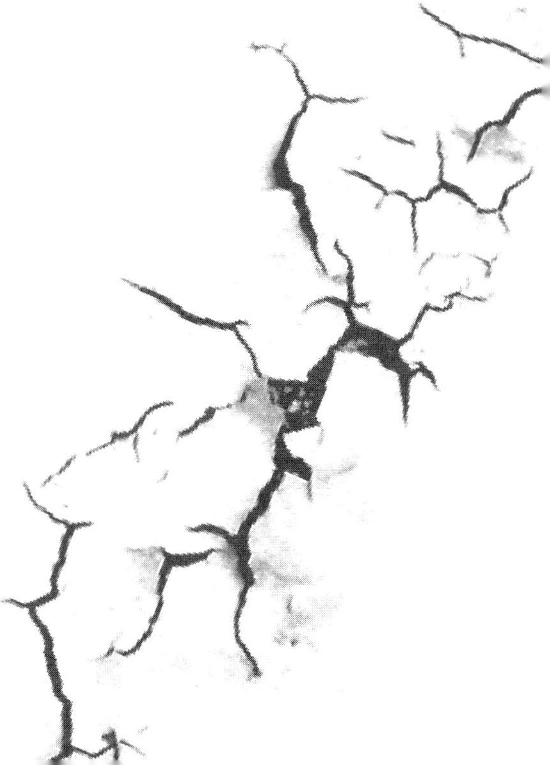

名词解释

名称：海原大地震

时间：1920年12月16日20时06分53秒

地理位置：宁夏海原县西安镇哨马营、大沟门之间

能量：相当于11.2个唐山大地震，当时世界上有96个天文台都记录到这次地震

震中经纬度：北纬36.7度，东经105.7度

震源深度：17公里

震级：里氏8.5级

震中烈度：12度

伤亡人数：28.82万人死亡；约30万人受伤

极震区：海原县、固原县

受灾县：78个

地震类型：浅源地震

毁城数：4 座

余震时间：3 年

范围：251 万平方公里

数据一组

1. 公元 1920 年，公历闰年，共三百六十六天，五十三周。农历庚申年（猴年），无闰月，共三百五十四天。1920 年春节在 2 月 20 日，是有史以来罕见的春节最晚的一年。

2. 自 1638 年到 1920 年 282 年间，海原外围各地地震不断，其中 7 级以上就达四次，6 级三次，5 级三次，而海原一带却是出奇地平静。漫长的沉默中孕育着极大的风暴。

3. 据统计，我国有史以来发生 8 级大地震共二十一次，其中两次就发生在宁夏；宁夏面积约占全国的千分之六，但发生过的 8 级大地震却约占全国的十分之一。

海原大地震当年中国大事摘录

年初，刘鸿生在苏州创办了华鸿生火柴无限公司；

年初，梅兰芳自导自演的戏剧影片《春香闹学》《天女散花》在京上演；

2 月 29 日，总理靳云鹏以“病迫才拙”为由提出辞职；

本月，女子第一次正式进入北京大学读书；

3 月 31 日，由李大钊组织发起的北京大学“马克思学说研究会”正式成立；

4 月，八省同盟决议搞垮安福系；

本月，共产国际代表维经斯基来华，帮助李大钊进行建党准备工作；

5 月 1 日，上海等地进步知识分子和工人举行纪念“五一国际劳动节”活动；

5 月 4 日，胡适反对学生用罢课解决问题；

5 月 23 日，教育家高阳毁家兴学，创办私立无锡中学；

本月，陈独秀在上海发起成立“马克思主义研究会”，并会见了维经斯基一行；

6 月 10 日，在唐继尧等人操弄下，川、滇、黔爆发战争；

6 月 28 日，靳云鹏内阁解散；

6 月 29 日，中国参加国际联盟，该联盟以《凡尔赛和约》签字国为主体；

7 月 14 日，直皖大战爆发，吴佩孚奔擒段祺瑞未果；

7 月 17 日，浙江温岭等四县洪潮泛滥，灾情为六十年所未有；

8 月，陈望道译《共产党宣言》中译本在上海问世；

本月，上海共产主义小组成立，创办《共产党》月刊和《劳动界》周刊；

本月，靳云鹏再组内阁；

本月，周佛海发起东京共产主义小组；

9 月，英国哲学家罗素来华讲学。鲁迅、胡适等各派人士均表不大认同。罗素临别之际，留有诸多建议；

10 月 2 日，日本出兵占领吉林珲春；

10 月 14 日，唐山煤矿瓦斯大爆炸，数百人遇难；

10 月 17 日，谢文达驾驶一架老式飞机，飞越台北上空，成为第一位驾机上青天的中国台湾人；

10 月 29 日，蒋介石受到孙中山器重；

11 月 11 日，周恩来、邓小平等赴法国勤工俭学；

11 月 28 日，孙中山于广州重组军政府；

本月，西藏僧俗驱逐英国使团；

本月，陈独秀主持起草《中国共产党宣言》；

12 月 16 日，甘肃海原地区发生 8.5 级大地震，四座城市震毁，死难 23 万人；

本年，直、鲁、豫、晋、陕各省旱情严重；

12 月，陈独秀、李达、陈望道、邵力子接连发表文章，抨击张东荪反对社会主义、主张走资本主义道路的谬论，扩大了马克思主义的影响。

摘自《中国编年史》

海原大地震当年甘肃大事摘录

4月，武都县佛堂里农民，不堪陇南镇守使孔繁锦压迫，乃自制土炮，进行斗争，孔繁锦派兵镇压，历十余日事败，任贵成等二十五人被杀；

5月7日，甘肃省立一中、一师、女师及华英等校师生，在兰州左公祠召开“五七”国耻纪念日大会，会后游行，高呼“打倒日本帝国主义”“饿死事小，国耻事大”“取消丧权辱国的二十一条”等，并呼吁各界爱国人士抵制日货；

5月20日，在北京读书的甘籍学生创办《新陇》杂志，寄回省内，向各界宣传爱国思想，研讨甘肃社会问题，提倡科学与民主。该刊出版二卷五期即停刊；

本月，云南靖国军叶荃部进兵甘属多地，张广建急令各镇军布防以对；

9月9日，孙中山复函甘肃留日同乡会：“……弟救国只有两途，一为护法，一为革命……现护法一途，已有步步荆棘之象……因此，欲以挽救，恐非革命无以刷新大局”；

本月，宁夏护国军使马福祥，以张广建督甘数年，政令苛繁，搜刮聚敛，任用私人，民怨益深，乃联合凉州马廷勷、陇东帮统张兆钾及甘州镇马麟等，通电北京政府并各省呼请倒张；

本月，从苏联逃窜至新疆的沙俄白军残部九百余人，被新疆省政府送至敦煌，安置于莫高窟居住。彼于洞内生火做饭，胡乱涂画，伤损精美壁画无数。直至次年8月，该沙俄白军才被礼送出敦煌；

11月1日，定西县北乡武举萧芾与秀才杨溥，组织“复清会”，聚众围攻通渭、定西县城，旋被击溃，萧杨兵败被杀；

12月8日，甘肃旅沪同乡会致电本省机关团体，主张废督，实行自治；

12月16日20时30分，甘肃五十八县发生里氏8.5级强烈地震，波及十三省区，二百多万平方公里，死难23.4117万人。震后瘟疫流行，风雪交侵，冻馁而亡者又不知凡几。震区与省会兰州交通信息均告中断；

12月31日，北京政府免去张广建甘肃督军兼省长职，任命蔡成勋为甘肃督军兼省长；

同年，甘肃省教育厅会同敦煌县地方政府，清理地方文献，从莫高窟第十七窟又清理出藏文经卷九十四捆，重四百四十余斤。带夹板经书十一打，重一千七百四十四斤。

摘自甘肃省《文史博览》

童谣三首

海原大地震前，传说有和尚道士一类人物扮作乞丐的样子疯疯癫癫地传唱一些歌谣，说是一个道人，奇服异冠，边走边唱，后面跟着一群学唱的儿童，那道人唱着，忽然转过身来，把手往下一劈，变声变色地说，哗啦，好像什么东西掉在地上摔碎了，又虱子多了那样扭着身子，说，摇摇摆，摆摆摇，娃们也跟了扭着，一阵风街上过了。又说一个老乞丐，腰里别一根棍子，后面跟一个白狗娃，这老乞丐好手里拿着个烂桃，烂手里拿着个好桃，人说你咋把好桃子不拿在好手里，老乞丐说，桃烂手不烂，手烂桃不烂，都不知道他说的啥意思，当他胡说呢，事后一想，这是给人们以提醒呢，所谓逃了就不烂了，不逃的话就烂了啊。包括上面说的摇摇摆，也是天机不可泄露，旁敲侧击而已。

传唱至今的歌谣，存录三首如下：

摇摆歌

园子里长的绿韭菜，摆摆摇;货郎子哥哥快挑来，摇摇摆。咯呀咯噔摇,哗呀哗啦摇。货郎子哥哥不挑来,摇摇摆;地摇了,稀里哗啦塌散了。哗呀哗啦摇,咯呀咯噔摇。一碗浆水咽下去，摆一摆；心上的火气败下去，摇一摇。咯呀咯噔摇，哗呀哗啦摇。四六的毛毡上躺下了，摇摇摆，稀里哗啦塌散了，地摇了。哗呀哗啦摇，咯呀咯噔摇。一碗羊肉摇一摇，白花了；世上的好人摇摇摆，贼杀了。咯呀咯噔摇，哗里哗啦摇。大豌豆开花摇一摇，没出穗;不是王法吆摇摇摆，咱俩个睡。咯呀咯噔摇，哗呀哗啦摇。大豌豆开花摇一摇，没出穗；大脚片子摇摇摆，没处去。咯呀咯噔摇，哗呀哗啦摇。丝线帘子摇一摇，甩着呢；尕尕脚儿摇摇摆，栽着呢；咯呀咯噔摇，哗呀哗啦摇。

古怪歌

摇一摇，摆一摆，天上的神仙下凡来；不言不语不吃饭，见了凡人跪下拜。吓坏了凡人跑得快，你看古怪不古怪。摇摇儿摆，摆摆儿摇，地下的蚂蚁出洞来。推倒窑窑儿把房盖，光吃粮食你别吃菜，翻穿皮袄毛在外，你说古怪不古怪。摇一摇，摆一摆，见人亲的叫奶奶。碌碡跳上房，石头滚下坡，板凳爬上墙，灯草打破了锅。母鸡把鸣叫，猪娃子不吃菜，你看古怪不古怪。摇摇儿摇，摆摆儿摆，进城买口大锅来。锅头小了你放门外，三个石头支起来。猪牛羊肉炒野菜，你看古怪不古怪。

手桃歌

狗娃儿老汉满乡转，挨门串户去讨饭。嘴喊卖桃没背桃，惹得娃娃嗖狗咬。好手里桃儿稀巴烂，烂手里好桃嘟噜噜转。人问他手咋得烂，他说手烂桃不烂。

民间故事

老　戏

说是一个村子里正过老年，在一个很大的窑洞里排戏，呛哩呛啷听去热闹得很，一个小孙子就闹腾着让爷爷领他去看看，只好去了，一进窑洞，满窑洞排戏看戏的人，老爷爷也来兴趣了，站在一边看着，跟着唱一句两句，爷爷正在兴头上，孙子却不看了，死活不看了，揪着爷爷的耳朵要走，只好背着孙子走了，边走边骂，来也由你走也由你，你到底想干啥。还没说完，就听呼隆隆一声地震了，窑洞塌下来，排戏的看戏的打得一个没剩下。爷爷问孙子，你看到什么啦？孙子说，我看着一人后头插下两个白旗。

爷爷一听明白了，这是给死人打幡着呢。

这故事听起来荒诞不经，但在我们这里众口相传，人人皆知，传得像真的一样。

珍　宝

这个故事说的是，慈禧太后西逃的时候，马福祥随从扈驾，很得慈禧太后的赏识和信任，于是就把一些皇宫珍宝委托马福祥代为保存，马福祥就让可靠人把珍宝押送到西吉沙沟一带埋藏了，没想到一场大地震，沙沟的山都走了，珍宝埋在哪里，没人说得上了。直到现在也有人拿着罗盘仪什么的在那一带心事重重地转悠。

2000年时，县文管所在一个叫麻地沟的村子里有了重大发现，在一个村民家里发现了几卷字画，那村民讲，这字画是他家祖传的，而他的太爷爷，就正是马福祥的手下，而麻地沟，也正在沙沟的源头。

这消息出来后，有月没月的晚上，麻地沟一带徘徊寻摸的人更多了。

家 书

一

1920 年，海原兴仁乡冯翰英先生适在北京工业大学就读，海原大地震后，冯先生收到一封来自家乡的书信，信中说："初七日黄昏地震，吾乡受害尤重，全城房屋俱荡平，人民死伤十之八九，吾家花崖湾山庄，全行覆没，山崩地裂，山河更变……吾家四十余口，除父与汝祖母外，俱归浩劫。房屋倒尽，什物无存，全县死伤人民共计六万余人……牲畜死亡散失，狼狗亦群出吃人……"

冯翰英得报，写诗以记，诗云："乡关万里梦，寂寞三秋愁；怀人风雨晦，为客天涯留。"

二

海原地震时，山西绛州苏村镇商人兰采恭正在震区兰州，幸免于难，乃于 1920 年 12 月 27 日（邮戳日期）发出家信，于 1921

年1月18日抵达绛州，信中说："兰州城于月之初七日地震，甚大，摇坏不少，伤人八九十名，咱帮商人就算均好。……上之人甚受大惊，会宁、隆德、静宁州一带伤人四五千之众，房屋留存无几，该处人民日每哭泣，令人闻之实感寒心，就是口外等处，亦均如此，未知咱处如何？现归家前后不定……"

旅京甘肃震灾救济会哀告书（节选）

大块不仁，以人类为草菅。

一刹那间而陆沉惨祸，使陇上数十县人民生命财产，顿归于无何有之乡矣。

呜呼，惨哉!

当其初起也，隐隐万谷之中，其声镗鞳。九地之下，如走雷霆。万窍怒号，白日无色。一时天动地岌，上黪下黩。山火喷发，地水溢飞。房屋尽为塌陷，城郭半作丘圩。或连村数百家丛葬于陵迁谷变之中，或一家七八口梦死于栋折榱崩之下。

加以甘肃素称瘠苦，半处峒洞，塌封摧陷，压毙尤多。而断肢折体，蹈背翕肩，幸免之民，疮残满目。（又）或黄雾冒塞，阴蒙浊互，大风震拔，厨石伐木者，又若干日。诚从来未有之奇劫也。

夫死者已伏尸于万重黄壤之中，无骨可葬；生者现蛉聚于莽泱露天之下，无家可归。况时当严寒，橡实不饱，野甑无温，漫漫待日，哀哀何依？或牛马放野而无人牧，或盗贼掘覆而无所忌。惨象之中，乱机四伏；失业之民，连岁荐饥。

甘局前途，尚可念耶。

为此仰恳：

各界仁人、异方善士大发慈悲，迅扫劫尘，慨施助捐，拯兹灾庶。佛言一亿二万年玄黄返混之后，乾坤毁坏而无遗，甘人何故，适丁此厄！

如蒙再生之恩，尽当九死以报。

谨此哀告，无任迫切。

敬请台绥维乞仁照。

《中国民报》1921年3月6日

调查甘肃地震之报告（节选）

王　烈

……海原为甘肃全省受灾最烈之区。全县人民前为十二三万，被灾而后，竟去其三分之二。城内房屋悉行倾倒。伤心惨目，莫此为甚。故弟等从详调查，计共历时七日，行程六七百里，所得结果如下：（一）此番震灾与地质有密切关系（分析部分略），李俊堡之东，两山土崩十余里，合为一山；将旧有之沟堵塞。其上流造为深数十丈之积水潭。虽山势嵯峨，土块易于震落，实也土质缺乏黏性有以致之也。（二）此番震灾与地形有密切关系，凡沙土堆积其斜度当有定限，逾其定限，即当下垂，一经地震，而土崩数十里，亦事理之常也。冲积层中之土质略具黏性，故能造成河梯。两峰每多直立，适为土窑丛集之地点，一震即倒，死伤人数之众多，非无因也。

统日下所得各种观察而论，此番大震之中心点，当在海原之南乡。而地震之中心，且有由东南而渐移西北之势。

中卫某堡震后，建筑新屋，有数建而数倒者，而海原并无此项现象。

赈济之法，有主张以工代赈者，其目的在疏通河道（河道因震灾而堵塞），华洋义赈会之外国人持之最力。

或谓本地人谋建筑室之不遑，安有余暇以从事他项工程？故服河工者多系外省招来之人，而本地人反不能受实惠。不知河道堵塞，将来必有水灾，疏通河道，目下本地人虽不能受实惠，然将来可以免水灾，亦间接实惠之道也。

有主张按照死伤人数而放款者。本地士绅持之最力。

闻前番急赈每人所得或数百文，或数十文，数日即已用尽。而住所之不建，公共卫生之不讲究，仍如故也。将来之生活无穷，而公家之款项有限，以有限之款项，供无穷之生活，惠而不知为政，莫此为甚矣。且不实不尽之处，所在多有，继其成者，亦无从稽而查之！

有主张建筑衙署、监狱、城垣，及公共处所者。此间行政官吏持之最力。其见解未可厚非。

此三项外，尚有防疫一端，无人提倡。

甘人迷信，每以死亡牲口抛弃沟中，不若是以为将来家中必不祥。沟水为人民之饮料，以毒传毒，将来天气炎热，发生瘟疫，自在意中。与其防患于已然，不若消患于未形。惠而不知为政之放款，弟以为不若用之于此途。

此外甘肃之文化程度，与沿海各省比较，相差实甚，穴土而居，男多吸烟，女多缠足，识字者寥若晨星，不解卫生为何事，见官如虎，任其鱼肉而毫无怨望。其智识之幼稚，恰如沿海各省五六十年前之景况。愚而可怜，莫此为甚。居今日而欲救济之，当筑铁路以输入其文化，发展其实业。若及今不图，则优胜劣败，自有定例，吾深为甘人危矣。

《晨报》1921 年 6 月 23 日

幸存者忆往

海原县九彩坪拱北冯志录（86岁）：

老人们说那时间地摇时，人们都睡的睡下了，没睡的还没睡下，地就摇开了。地摇开土一下子就罩严了。我们那个地方把山嘴子一下摇着扑下来了，山洼里开的都是这么宽的口子，坐人（意即住人）的地方都塌着累下来了。

西安镇下小河村董善征（91岁）：

万家水那山合了，两个山合到了一起，山、羊啥都没有了。

当时我吃劲（意为极受宠爱）得很，四个姐姐（没人管），光喊我的名字，捞出来一个，一摸头毛着呢（意为是个女孩），喊我的小名字，喊，喊，最后把我拉出来了。拉着出来，哎呀，一阵黑风，有人说这要出地穴呢。我爷爷人家是练武的，一个坐马式一列，这个胳肢窝护着我奶奶，这个胳肢窝护着我的四姑，（四姑）比我大一岁。我爷爷头叫打得稀巴烂，血淌着呢。

那个时间，在娘舅家浪呢，我妈要回去呢。一个马车，三个骡子，我妈，我大表哥，一个赶马车的。我们就在这儿起身的，起身也迟了，那个时节马车走的是鸡窝山的那个盘盘路，到干盐池万家水，干盐池羊圈有个阳山叫万家水，在干盐池跟前呢。到万家水天黑了，不能走了，住了，准备第二天早上走呢。那个店里的那个地坑窑，院台比窑高，下去才到店里。地震那时候咱们还是穷落后，没砖，尽是土窑，哗啦一声全都堵了，那堵了多得很。

那个黑风吼着没治嘛。我们兄妹几个，我最小，四个姐姐，弹珠子耍着呢，啪的一声灯打灭了。我姐知道，说快趴下快趴下，地动了。哐哐地抖开了，啊呀哦，飞沙走石轰隆隆下来了。我大、我妈在西房里，西房的墙四面子跑了，房子顺院子倒了，烟盘子、火炉子还在炕上放着呢。我们在东房炕上趴着呢，墙跑了，房顶子下来把我们压下了，大人们随手就刨出来了。鬼哭神嚎的嘛，真个是不能再提，冷得很嘛，十二月的天气。

有一个老婆子，张家的老婆子，四个儿子，十来个孙子，光活了这一个老婆子，喊着几个儿子的名字就这么抠，哭着喊着，手指头都抠烂了，抠下的那个血疙瘩，老婆子也死掉了。

那个时候谁管呢。自个连自个都顾不着了。

西安镇夏映孝（84岁）：

饭吃了，在屋里扯磨（聊天）着呢，那时节没个电视。轰隆一下房就翻了。天也翻了。轰隆隆过来了，轰隆隆过去了，一直没停，就这么摇了几天才松活了。

干盐池老城村吕金芳（85岁）：

我听老人说，摇得碌子在场上跳蹦子呢，地震大得很，大地震过了，跟着是小的。有人看着的，摇得碌子在场上跳蹦子着呢。摇得两个碌子在一起碰仗着呢。摇的劲就那么大。这城墙上的这些洞洞子，这些年都塌得没啥了。死的人多得很，到底有多少，成个估计的数字了。一下子摇得都没有了。把人捂死到里头的，打死到里头的，干盐池城里七八百口人，三个人里头能剩下一个。拿我们家来说，我三个姐姐，还有两个老人，我大单住着一个房子，还没睡呢，就摇开了，这么摇那么摇，我大害怕摇开个口子掉下去，院里有一个石磨，我大房里出来就站在石磨上了。就这么着活下了。三个姐姐打死了。就打死在那个窑洞里。没有一点走气的地方，姐姐不知道受伤了没有。刨着挖出来，用被子裹着到城外头埋到一个沙窑里了，还哪来的材方（棺木）呢。

海原县城马德祥（89岁）：

反正是死的人多得很，房不敢盖了，就在草棚棚里头睡着呢。停一下，轰隆隆摇开了，停一下，轰隆隆摇开了，摇了四十天，摇过四十天才松活了。

地震那一时，也有个说不成，我们的阿訇做了个睡梦，就说你们礼拜的话个人家里礼去，寺里再不来了。就这么个话。礼拜下来，地动了，十个里头打死了七个。

地动的时节我小着呢，家里十六口人剩了四个，窑里睡的都打坏了。我的一个舅舅娶了个媳妇子，在小房子里睡着呢，活下了，再没个活的。摇开的缝子这么宽，冒着黑水，我们都是耍娃娃，跑得远远的，往过跨着耍呢。

我大会做皮货，坐在炕上给人做皮货呢，我们在炕上睡着呢，地动了，我大蒙着我的头把我护住了，女子没有管。我大三个肋巴打断了。我姐姐说她哪儿也不疼，就没了气，殁了。

西安镇下小河村曹昌文（97岁）：

白天黑夜哭声不断，一阵阵来了，一阵阵来了，轰隆隆的。

来了就喊，过了过了，一直喊着呢。

我们这个庄里三百来户人，八百多口打死了，上小河和我们下小河一样，上小河把一家子差点打绝了，就剩了一个媳妇子。还有一家子打光了，一个也没给剩下。还有一个媳妇子，九天以后从窑里刨出来了，说是窑里有些酸菜，吃着活下来了。听老人说场上的石磙子跳起来把个牛打死了。还有一家是草茅庵子，地震着着火了，把一家子烧死了。

地震的时节我十五岁，在西安州一个杂货铺里当伙计，那个杂货铺叫“兴隆杂货铺”，是我家和别家合开的。我家打坏了十二口子，我大还活着。我是半夜里邻居刨出来的。邻居把人家的人刨完了，来把我刨出来了。那会儿我们店里八个人，活了四个，活了三个娃娃，一个老婆子，死了四个，我的一个叔叔打死了，还死了一个先生，还打死了两个娃娃。

这么大的灾难，公家就没管，政府是个啥，倒霉着。老百姓一个见一个就是个哭嘛，他们咋么个？你们咋么个？都一个打听着一个，都哭着呢。家家死人着呢，没心境看。没人管。

崖窑里住的大部分打死了，崖窑塌下来，一个也走不脱，有房子的塌下来有椽檩子支着呢，人死得少些，我们没房，打坏了十二口子。

西安镇菜园村韩秀英（96 岁）：

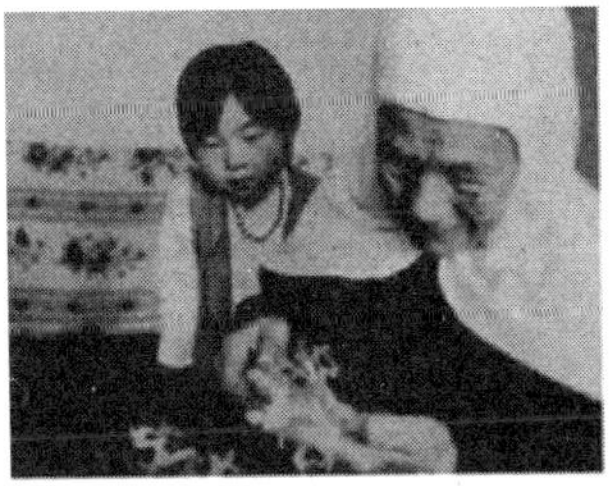

一会会轰隆隆摇开了，一会会轰隆隆摇开了，人都在草棚棚里住着呢。

西安镇老城村张怀智（96 岁）：

死了就死了，活了就活了，没人管，国家没管，那时节没个国家嘛，都乱打仗。住崖窑的人把门壅了不知道情况，第二年挖开窑门，发现饿死在里头的多得很。还有那羊圈也壅了，第二年挖开，羊把毛吃得光光的，羊还活着呢，开春了嘛，把柳树条子给羊吃，吃上一下子闹死了。哎呀，亏死的多得很。

海原县城苟俊（96 岁）：

冷得很，又下了一场大雪，就在草垛上撕开个洞洞子，就在里头钻着过活呢。还管冷呢吗热呢，只说命逃不活着呢。

地一摇把粮食都埋了，米面一起埋了，没吃头，那几天人亲热得很，就像咱们几个人，三石一顶锅，松椽拿来烧着呢，你寻来米咱们都做上吃，我寻来面咱们都做上吃，开头的那十几天不分你我。

原州区中河乡油坊村海占荣（82 岁）：

我是地震后的遗腹子。我们家几十口人，一地震，就剩下了我奶奶、我妈，还有我两个爸爸（叔叔）。我奶奶老寡妇，五十几岁，拉扯我两个爸爸，我妈小寡妇，二十一岁着呢，养下我，困难得很。那时节我们一千亩地呢，都让人占了，挨着谁家谁就种了。困难得很，我妈都给人家上锅着呢。我奶奶在女婿家住着呢。我二爸地震的时节打成了蜷蜷子，走起来手在膝盖上扶着呢。

录自《在山走动的地方》。整理者：田玉龙

照片一组

摄影：克劳斯等　文字解说：石舒清

1. 隆德县城衙门废墟。

这张照片显然是克劳斯先生在一个相对的高处拍到的。

说是县城衙署，但看上去像一个被疯狂盗窃之后的陵园。只剩下了好像无法盗走也不必盗走的部分。县知事不知所踪，他的家人已经遇难。细细看去，会在清冷的废墟间看到一个人立在那里，他是谁呢？他像个孤独的屋柱子那样站着。太阳依旧负责任地把他的身影投在地上。

2. 某县县郊。

大地震过去两个多月了，一些遇难的人和动物的尸骨就这样抛撒街头，无人掩埋。院墙显然是新打起来的，但是又被余震震出裂口来。旋建旋毁，这肯定会影响到灾民重建的信心。画面里有三个人。土台上的男子袖手而立，身体奇怪地保持着一个上吊的姿势，他的身后，是累累喘着粗气的废墟。站在人畜尸骨边的应该是一个女人，她用双臂抱紧着自己，生死近在咫尺。她身边的孩子须细看才看得到，他显然是被摄影者吸引了，向这边观望并且笑着，当克劳斯他们问他怕不怕时，他笑着摆了摆手，表示不怕。

3. 静宁县衙门。

照片中是一家三口，照片的主角是时任静宁县知事周廷元，帐篷内系其夫人，旁立者是他的尚未成年的儿子。照片中的周知事一副双眉不展、忧心忡忡的样子。这是整个海原大地震后最得好评的县知事，民国10年3月16日的《字林西报》报道说："那里的县长是一个精力旺盛，十分能干的人，对人民是一种真正的福分，人们对这位官吏充满赞美。"人们赞美的这位官吏，就是周廷元，时年三十八岁。很显然，照相的那一刻，他并没有从他所担负所忧虑的事情里出来，克劳斯的镜头，准确地记下了一个中国旧官吏的这一难得瞬间。

佚名 摄

4. 海原干盐池。

这张照片的下面原本注有："1920 年海原地震干盐池废城全貌"，但实际这照片应该是震后多年拍的，能看出重建的房屋院落等等，说明着大难之后，人们的重新生活。干盐池原归靖远县管辖，1958 年后，划归海原县，旧名定戎寨，是丝绸之路必经之地，也是兵家必争之地。自唐代即设有建制，以盛产甘盐知名，系中国十八大盐湖之一。但是 1920 年的大地震却使它瞬间由极繁荣转为极荒凉，震后多年也只是眼前这个样子，而且整个盐湖被向北推移了一公里。沧海桑田，说的就是这样的事吧。

5. 极震区某村庄。

一般来说，村子里最坚实的不是路，倒是打谷场，杵子筑磙子压，打谷场真是硬比石头，但是地震却让打谷场像酥馍一样容易掰开了。

地震过去快三个月了，架子车还在，还结实，牲口也还没有死绝，从废墟里也还可以捡拾一些好砖来，该行动起来了。

但出现在画面中的人好像一律是沉默的，好像在沉默中想着，如此庞大的废墟，该从哪里行动起来才好呢？

6. 极震区某村庄。

从废墟面积看，这里原本该是一个不小的村子，但是震后，就剩了眼前这一点,像是随手搭了几个看瓜的小棚。克劳斯蹲下身子，尝试着从一个小门里进去。他还是没有进去，只是掀起帘子往里面看了看，他觉得他一个人在里面都觉得挤，但是他看到至少三个人在那暗黑中。数眼睛的暗光，应该至少有三个人。没看到有被子什么的。余震不断，都怕盖上房屋再给他们摇塌。每个火柴盒似的小棚里都住着人，而且不止一个，但克劳斯拍这张关于他们的照片的时候，没有一个人出来看看，看看这个新鲜。远处的树像是主动放弃了树的名号，成了藏着野火的柴禾。

此照片由翁文灏、谢家荣摄于1921年

7. 甘肃固原前提督署。

这是固原前提督署董福祥的赏门，虽遭震劫，余威犹存。

载漪曾评价固原人董福祥说："尔真好汉，各大臣能尽如尔胆量，洋人不足平矣。"不过董福祥在大震十二年前就已经离世了。

8. 固原。

固原电报局毁于地震，震后此三位工作人员以门板搭成简易工作室，发出了关于大地震的最早信息："遇难者尸首遍布四野，伏尸累累而无力掩埋，数十里内人烟断绝，鸡犬灭迹。"非常时期，信息重于一切，须知直到25日后，甘肃省长才向大总统发出了一份号称十万火急的求救信，所以这三人是应该被浓重记上一笔的。

三人照相时形貌端严，恭敬如仪，但给人一种惊魂未定，如在丧仪的样子。那样的时候照相，最妥帖也只能照成这样子吧。

9. 极震区某处。

这也是灾民临时搭建的住所，比较来说，比前面那个临时住所是好多了，住所前面站着的男子也给人一种能担能抗的样子，看神态动作，他好像还在和人交流着什么。门前的门板上孩子还在忘我地玩耍，一边的狗也显得温和日常。日子有日常的一面就说明是好日子。有鸡犬相闻，有孩童玩闹，有男人顶天立地，日子就会一天天好起来。

在西海固，墙一样推不倒的男人是不少的。

10. 固原海原交界一带。

原照片下面注释说“巨大的滑坡将公路推移了一千五百米，并掩埋了一个村庄”。

从照片中看，甚至看不出这是一个大难后的现场，路平直而静谧，阳光明朗，树影越过路面，清晰地投照在路边的田野里。后面的山坡也静静的，看不出它曾经像海水一样翻滚，看不出它下面，深处，压汉了一个鸡叫狗咬，炊烟袅袅，女人围着热灶，婴儿正闹着吃奶的生机勃勃的村庄。

这照片静得可疑。

这照片不敢多看。

就在距离这里不远处，是须弥山，那里有一个北魏时期铸造的大佛，把佛头上的遮盖的拱顶都惊落下来了。

11. 固原县城。

克劳斯一行离开震区的时候，留了这张合影。合影的地方是在一排崖窑前面，崖窑看起来大而排场，算是窑里面最上档次的了，而且一一好着，没有一孔窑洞被震毁，甚至看不出地震的痕迹。在崖畔上露出头脸的几间房屋也看不出毁损的样子。还看到一个高过屋顶的树，所有这一切都说明，这里是被毁坏不严重的，是近乎一小块没有被伤着的地方。在那样的时候，找这样一块近乎完好的地方，自然是极不容易的。

也许是某大户人家的院落吧。

相片中的人不少，总有十人之多，但摆出照相样子的只有几个外国人，中国人好像都没有照相的心情，或是看着几个照相的外国人，或是不得已被摄入了的样子。每个人照相的心情都很不一样吧。

克劳斯一行，把照片设置成纪录片，在北京等地放映募捐，募集到不少钱，但是这个钱被以华北五省旱灾为由挪移过去了。

1920年的中国，西方忽视了的灾难（节选）

（俄）佚名

1920年12月16日，大约晚上8时，在中国的某些城市以及和中国邻近的国家，观测到一些异常现象。在成都的法国领事馆，在上海的英国领事馆和在海防的天文台内，所有的钟摆立即停摆。在距离中国海一千二百五十千米远的一个地方，走向市场的主妇们突然觉得晕船，北京、天津的居民也有同样的感觉。

徐家汇地震仪记录的地震

上海的徐家汇，耶稣教徒设立的有名的天文台内，有学问的传教士也发现钟表突然停摆，吊灯奇怪地摇晃起来，与普通人相比，他们更有知识，也马上认识到这意味着什么，急忙拥入安装有地震仪的地下室，果然，三台仪器停下了，但是第四台记下了遥远的地下异动。传教士激动地观测了很细的笔在熏烟纸上画下的越来越宽的曲线。第一批较早的强波动出现在 20 点 9 分 16 秒，突然北南向的放大笔被剧烈的震动抛到一边。盖尔基神父警告说："注意！波动主峰要到达了。"——这些波在 20 点 16 分到达，这一次震动很强烈，以致笔尖都跌落下来，为防记录被破坏，不得不拆除杠杆。"震中在哪里呢？"盖尔基神父自问。两个分量的记录特征表明，震中在上海的西北方向，震中距大概一千四百米。

学者思索起来。

徐家汇钟表的停摆和吊灯的晃动这一事实，可以确定地震的烈度不小，为了正确估计这个强度的含义，应该与其他地震得到的资料相比较。

旧金山地震，震中距离为一百八十千米，烈度Ⅳ度；

意大利墨西拿地震，震中距离一百千米，烈度达Ⅳ度；

而此次中国地震，震中距离一千四百千米，烈度已达Ⅳ度，盖尔基神父为此焦急不安起来。

地震没有引起强烈反响

盖尔基神父还是估计得过低了，很晚才知道，从上海到震中距离是一千五百六十七千米。由此可以结论，这次地震比旧金山和意大利的地震要强得多。盖尔基说："上个世纪来，没有过这样强大的地震。"现在我们知道，这确实是中国有记载的地震中最强烈的。可以算作行星范围内的一个大变动。罗艾特认为，这次地震是人们知道的四次最大地震之一。比旧金山地震大十倍。

特别要指出，对于这么一次引起了地壳强烈变动，夺去了几十万个受难者的生命，破坏了很多城市，毁灭的领土比法国大七倍的大地震，报刊却沉默不言。与此同时，关于墨西拿和旧金山地震，新闻记者却写了那么多，好像要把墨水耗尽了，两个大陆的报纸用令人震惊的报道和照片互相竞争，文明世界的大部分都参与了给遇难者的帮助，而对于中国的地震却完全没有任何表示！这就是为什么当你同任何人谈起地震时，都会说到里斯本、旧金山、墨西拿或者艾加迪尔，而你若提及1920年的中国地震，别人会惊奇地看着你。应该立刻补上这个空白，首先让我们把注意力集中到灾难本身，简要介绍一下发生悲剧的舞台。

建筑在沙土上的住房

莫里斯·柯鲁达写道："1920年的中国，几乎是不能接近的国家，充满了令人骇闻的混乱。"

最不幸的当然是甘肃和陕西，打开地图就可以找到这两个省，比法国大十二万一千平方千米，有二千四百万居民，两省所有的领土几乎都位于黄河南边，占据了积雪的山脉，很高的荒漠高原和陡峭的山谷，不幸的居民生活相当困难，他们因两千年的奴隶制度、外敌的侵略和屠杀已变得愚钝了。

覆盖在大地表面的黄土层是这块悲惨土地的典型特点，人们居住干挖在垂直坡上的窑洞内，烟囱从陡坡上伸出，整个村庄甚至城市由这样的窑洞组成，在深谷的黄土坡上，一层层分布着好像蜂房的窑洞。

某些读者可能会说，这没有什么新奇的，卢瓦尔沿岸的地下村庄也是这样的，但是，差别在于，法国的窑洞挖在坚硬的白色沙岩中，而中国这两省的窑洞，窑洞挖在酥脆的岩石里，很容易倒塌。这样的灾难在过去已经有过，1556年，那次规模很大的滑坡，死亡了大概近百万人。

1920年12月16日发生了同样的事情。

大地摇晃并从脚下溜走

的确，地球的这个区域很容易发生地震，这里的地壳被大量断层分割成巨大块体，经常的地下震动影响到这些断层，使它们重新活动而产生地震，在1920年12月16日的大震到来之前，徐家汇的观象台曾登记了预震：11月16日；12月4日；12月10日甚至地震当天14点11分和16点54分，还发生了地震。上帝给人的提醒是足够的。

20点9分发生的地震，长度达二百千米，宽度达一百五十千米，这个范围位于甘肃东部的海城和秦州之间，还是听亲身经历者来说说吧，这位传教士当时就在秦州：

"……晚上七点三十分，我突然听到沉闷的响声，是从北方传来的，好像有几辆载重的汽车高速沿着破坏的马路疾驰，怀疑是地震（我已经听到预报灾难的声音），就很快熄灭了灯，跑出房子。但我还没来得及走到街上，就觉得极大的打击从背后打来（我朝南跑），几乎同时，又一阵强烈的震动从北向西打来，我就像醉汉一样，把腿叉开，努力控制自己不要跌倒，我感到大地强烈地升高并且旋转起来。

“这第一次最强烈的震动，持续了两分钟，紧接着很快发生了五六次地震，几乎分不清它们的间隔，而且伴随着奇怪的声音，建筑物的倒塌声、人们的呐喊声和家畜的吼叫声，所有这些声音都是从建筑物的底下传出来，这是非常残酷的事情，是不能忘记的。第一次大震动之后，新的震动一个接着一个相继而来，直到深夜，起初间隔十到十五分钟，后来十五到二十分钟，最后是二十到二十五分钟，伴随着强烈的渐渐平静下来的地下轰隆声，后半夜又发生了新的地震，但强度越为越小，间隔在三十到四十分钟。

“2 月 17 日早上三四点之间，刮起大风，顺着那些破坏最为严重的道路吹起来，第二天早上，不能看清耸立在城市对面的高山，不是落满了灰尘的帐幕遮掩了它们，而是恶臭的灰蓝色烟雾。”

小丘的移动

在震中区，黄土相当厚，堆积在二千四百米的高地上，暴雨饱和了黄土层，使它的体积扩大了整整三分之一，雨水毁坏了这些黄土层，破坏了它的整体性，小的震动不能使黄土层疾速地流向谷底，因此这些不幸地区，就还存在着塌方的危险。

12 月 16 日来了，整个黄土层受到了震动，黄土层都动起来了，有时很少的障碍也能阻拦这个运动。在被称为“万家峡”的地方，两股巨流从原地移动，但不知什么奇妙的力量使它们在村庄上面停住了，第三股巨流从对面流下，被挡在谷底，在那里形成了一个相当高的山丘，遮住了整个村镇。像这样的好运气仅是个别现象，地震引起了一系列悲惨的崩塌。

我走遍了通渭地区，看到骇人听闻的场面，不管是城市还是乡村，什么都没有得到保全——这是一大堆废墟，在通渭，整个城市和郊区只剩下了佛教塔的一堵墙，建筑物不是坍塌而是翻转了过来。山脉造成了更加可怕的境象，好像是用巨大的犁开垦了大片的山地一样，山顶被大刀阔斧地切割。

那些被埋在黄土下面或者被断裂谷吞没掉的城镇和乡村，甚至没有被注意到，在地震时，位于高原边缘上的建筑物先跳起来再掉下，树木都倒在地上，在固原，裂开了那么大一个缝隙，使几千人连同他们的房屋都掉了进去，进而在这里形成黑水湖泊。

被忽视了的灾难

当时中国正是暴风骤雨般的时刻，全国群情激昂，革命浪潮此起彼伏，封建的旧中国准备在苦难中诞生一个新中国。谁还会注意这自然灾难带来的后果？军国主义集团随意掠夺和抢劫了这个国家，而人民在剥削者的压迫下，加上天灾，都过着牛马的生活，如果国外知道了这灾难，又有谁为此操心呢？

外面的世界是怎样知道这次地震的？

徐家汇天文台第一次报道，这是中国唯一有地震仪的台站。很多教徒都是从这里获知信息的，显然这些通讯者对精确的科学的描述不大注意，报道很不可靠，精确度不同，要用很长的时间才能明白多方面的情况，对发生的灾祸做出评价。有关这次地震的第一次综合报道发表在1922年美国的地理杂志上。第一次科学地研究这个问题的，是1927年在特拉布尔格答辩的达爱博士的论文，所以我们很晚才得到这次灾难的准确信息，并与其他地震做比较，以明确它的实际意义。

惊慌的日子

我们很难想象这次灾祸中的人们所遭受的悲惨情景，在碎瓦片下面，在裂缝里或塌毁的窑洞里，不仅有着成千上万的死者，有着成批成批的村庄被毁灭，而且，整个地区的面貌全变了，山脉坍塌，平原和山谷被石块堆满，宽大的裂缝遍布地表，大地从睡梦中醒来，在可怕的惊厥中痉挛起来，可以想象，极度的慌张控制了那些被灾祸吓呆了的迷信的人们。

和地震前一样，天空总是阴沉沉的，温度不高于2摄氏度，天快亮时，温度上升2摄氏度，星星不见了，暴风刮起来。

在与内蒙古交界处，经常能看到猛烈刮起来的暴风，吹走沙漠里的沙土，刮到几百千米以外的地方，有千万吨的细沙变成黑沉沉的空气，呼吸感到极度困难，伸手不见五指，所有的动物都淹没在以极快的速度运动的气流中，《圣经》里说，第九个最大的灾难就是沙暴，它把当时古埃及的法老国家笼罩得漆黑一团。

12月17日早上三四点钟，在秦州刮起了类似的暴风，后来就扩展到整个灾区，整个空气成了黑沉沉的窒息性帐幕，大地深沉地颤抖着，夜里差不多每半小时就有一次地震，引起极大慌乱，地面的摇动使钟铃摆动起来，一直响了好几分钟，像有一只看不见的手在敲丧钟。

国家的灾难

读者无疑希望结尾时作者做出有关这次大地震的总结，死者人数、财富损失等等，正如在每章结尾作者试图做的那样。

可是这次很难满足读者的要求，这里无法计算损失。总结总数没有任何可能性，在这些山区，人们从来不进行文字记载。在统治者眼里，这些山里人不管是从经济方面看，还是从社会方面看，都是没有任何用处的。

本文译自俄文资料

后　记

作为一个海原人，海原大地震这样的巨大灾难和重大事件，我是什么时候知道的呢？说不清了。只记得小时候放羊或铲草，去离村子一里左右的一个深沟，那里阳光照不到沟底，草木格外茂盛，一些草，比如苦苦菜、苦籽蔓等，在深沟里要比别处大出很多。这也是我们来沟里的原因。然而一个人不大敢来。沟里湿重阴森，即使炎炎六月，在沟底也似乎有一种入骨的寒意。常常在沟底沟壁间能看到残碗剩碟，破帽烂鞋，会看到零散的朽骨。有时候铲一大朵苦籽蔓就会顺带出一段骨头来，用铲子拨向一边时，会是很特别的感觉，看似不小的一段骨头，竟然一点分量也没有了。回家后，大人要知道我们去那沟里，一定会变脸变色地训我们一顿，好像那里即使一根草有背篼大，也是不可以去的。

隐隐约约听到，村子原来就在深沟那里，大地震后不得不挪移到现在的位置。

这样的深沟，在我们那里有许多。记得我们还翻过梁后的深沟去邻村看电影，夜里回来时丢掉了一个伙伴，第二天才在沟里找到他，但是嘴里被塞了一些土，慢慢好过来后也是病病殃殃的了。

这样遍布各处相貌凶险的深沟，对我们的成长一定是有影响的。

奇怪的是，从小学到初中到高中，从来没有哪个老师在课堂上给我们讲过大地震。这其实是很应该讲讲的。一次我们被组织去电影院看电影，电影好像叫《长空雄鹰》，动静很大，等我们明白过来时，才知道动静不只来自电影，而是地震了。大家弃了电影慌慌跑出影院，发现极其结实的影院已经裂开大口子了。即使这样的好机会，也没有听到谁顺势给我们讲讲海原大地震。

可以说，我们这些地震幸存者的后裔，在地震方面所受的教育几乎没有。

20 世纪 90 年代初，那时候我已经是一个写作者了，时任宁夏宣传部副部长的张怀武先生，就多次提到海原大地震，认为作为宁夏的一个写作者，尤其是西海固的一个写作者，置海原大地震这样的素材于不顾，不但可惜，也是失职。大家听了蠢蠢欲动，《固原报》还特辟了一个专栏，征集关于海原大地震的旧闻逸事；宁夏电视台拍了一部七集专题片，叫《在山走动的地方》，制作人是我的大学老师牛中奇先生。这个片子拍得很好，是关于大地震的一个相匹配的作品。也止于此而已。就我自己来说，一直惦记着这个事，但从来没有想过要写它。也许我一直写短篇小说的原因，觉得这样的重大事件，自己力有未逮，不是自己能啃得了的骨头吧。

私下见过张怀武先生，记得他又和我谈到海原大地震，他于我一直是很温善的，不记得怎么糊弄过去了。

就到了去年，2019 年。

2020 年是海原大地震一百周年，家乡都想为这个节点做一点什么。这些年，海原地震博物馆建起来了；知名散文家梁衡先生还专程来到我的老家，实地观览，写了一篇在当地影响不小的文章。但纪念的气氛似乎还需要更隆重一些。忽然一天，躺在沙发上睡觉的我就接到海原地震局局长刘刚的电话，刘刚的爷爷和我爷爷是结拜弟兄，所以我们之间兄弟相称。刘说，大地震一百年了，想好好纪念纪念，想拍一部电影，导演都找好了，是在宁夏拍过电影的杨亚洲先生，至于剧本，想让我来写。我一下子就从沙发上坐起来。但后来我还是考虑到身体原因，没敢接这个活。忽然就觉得海原大地震一百年真是越来越近了，脚步声都听得清晰。

2019 年年底，在北京有一个宁夏文学创作方面的会议。会议期间，《十月》杂志发了我的一篇小说，我有几年没写小说了，就着这个信息，不知怎么又说起了海原大地震，说起了即将到来的一百周年，说如果有一篇关于海原大地震的文学作品，发表在类似《十月》这样的刊物上，该是多么合适的一个纪念。我有些心动。诗人杨梓说，写，名字就叫《地动》。我神往地说，能写个三万字的中篇就好了，杨梓说，写八万字。至于写什么如何写，我心里一点谱也没有。

回来不久，就收到了一包资料，是家乡青年诗人田玉珍给我的。玉珍得悉我要写海原大地震，就把她能收集到的大地震的资料都给我了。要知道，她可是在海原地震局工作的，自己又写作，知道哪些资料用得着。

玉珍把资料送到我小区的门房，通知我便中一取，等我下去，她已经不见踪影。直到今天，我们两个姓田的海原人也未曾见得一面。

还有什么可讲，写吧。

就有了今天这个结果。

要谢谢《十月》，谢谢我鲁院的同学谷禾兄，他给了我及时而有力的鼓励；谢谢陈东捷先生、宗永平先生，谢谢北京十月文艺出版社的韩敬群先生，谢谢青年诗人江汀，正是他们的青眼相看，使我有了一次向我的家乡表情达意的机会。老实说，写作这么多年，没有一次发表我会如此看重和珍惜。

我还要说，虽然写出来了，但我并非十分满意，我的感觉是，好像得到一块糖，还没有来得及品尝就吃下去了。刘刚兄说，他手头还有一些口述资料，这使我看到将来的某种可能。通过这次写海原大地震，我得知写这个事件的家乡人原来有许多，不下百人，知名的写手就有季栋梁兄和王漫西兄。记得一天见到王漫西兄，他也是海原人，算我的老师辈，我们即说到海原大地震，他说他正在甘肃靖远一带做实地考察。

这让我感觉到海原大地震是写不尽的，至少于一代代西海固写作者而言，可以常写常新。